수호의 파수꾼

수호의 파수꾼

ⓒ 최의택 2024

초판 1쇄	2024년 3월 25일		
지은이	최의택		
출판책임	박성규	펴낸이	이정원
편집주간	선우미정	펴낸곳	도서출판 들녘
기획이사	이지윤	등록일자	1987년 12월 12일
편집진행	이동하	등록번호	10-156
디자인진행	하민우	주소	경기도 파주시 회동길 198
편집	이수연·김혜민	전화	031-955-7374 (대표)
디자인	고유단		031-955-7384 (편집)
마케팅	전병우	팩스	031-955-7393
경영지원	김은주·나수정	이메일	dulnyouk@dulnyouk.co.kr
제작관리	구법모		
물류관리	엄철용		

ISBN	979-11-5925-843-5 (04810)
	979-11-5925-708-7 (세트)

고블은 도서출판 들녘의 장르문학 브랜드입니다.

수호의 파수꾼

최의택

goble

목차

엄마에 대해 이야기하고 싶다. 하지만 쉽지 않은 일이다.

우리 엄마는 '지랄병'이라고 불렸던 것의 1세대였다.
이 기록을 보는 사람들 중에 지랄병이 뭔지를 아는 사람이 있을까 싶다. 혹시 알더라도 내가 어렸을 때 쓰인 의미는 아닐지 모른다. 사실 아니면 좋겠다. 그리고 욕심을 부려 보자면 아예 이 말을 몰랐으면 좋겠다. 물론 그것은 말 그대로 욕심일 것이다. 사람은 특이한 것을 특이한 말로 부르지 않고는 못 배기는 특성을 지니고 있는 듯하니 말이다. 나라고 다르진 않다. 말했듯이 욕심일 뿐이다.

나는 꽤 오랫동안 내 기억 속 엄마가 입체 영상으로만 존재한다는 것을 이상하게 생각하지 않았다. 지금 와 생각해 보면 그 자체가 현실감이 없을 정도인데.

나는 수호의 파수꾼인 나의 할머니 밑에서 할머니의 뒤를 이어 파수꾼이 되기 위해 헤아릴 수 없이 많은 것들을 배웠다. 그러다가 녹초가 되면 할머니는 날 데리고 당신 방으로 데려가 사탕이라도 쥐여 주듯 수호의 최고 권한이 부여된 파수꾼의 안경을 내게 씌워주었다. 그것을 쓰면 말 그대로 모든 것을 볼 수 있었다. 나는 그것으로 엄마를 봤다. 입체 영상으로 구현된 나의 엄마를. 내게는 그 입체 영상으로 된 엄마가 그저 '엄마'였을 뿐이다. 엄마는 안경 너머의 침대에 앉아 있거나 아주 가끔은 방 안을 서성이고는 했다. 하지만 대체로는 잠을 자고 있었다. 그래서 나는 주로 할머니 침대의 끄트머리에 모로 누워 엄마가 잠이 든 모습을 보며 쉬곤 했다. 그리고 다시 또 배움을 이어갔다.

그걸 이상하게 여기지 않을 수 있었다는 사실이 지금의 나에게는 가장 이상하다.

수호의 파수꾼이 하는 일이 무엇인지 말하기는 쉽지 않다. 반대로 파수꾼이 하지 않는 일을 말하기는 쉽다. 파수꾼이 하지 않는 일은 없다. 과장하는 게 아니라 파수꾼은 그야말로 모든 일을 한다. '수호지기'라는 수호의 지킴이의 도움을 받아서 말이다. 수호의 파수꾼이 하는 일은 수호지기를 다루는 것 하나라고 해도 틀린 말은 아니다.

수호지기는 수호에 있는 모든 기계를 통해 수호 그 자체를 불철주야 관리한다. 수호민 중에는 이를 두고 수호지기가 수호민의 일거수일투족을 감시한다고 불만을 토로하기도 한다. 그들의 말이 아주 틀린 것은 아니지만, 그 덕분에 그들이 잠을 자다 호흡 곤란으로 사망하는 일을 막을 수 있다. 그리고 수호민들 자신이 배설한

물질을 환원시켜 배고픔을 해결할 수 있는 것도 수호지기 덕분이다. 수호지기가 있기에 다소 단조롭기는 하지만 지구에서의 삶에 비하면 더없이 안정적인 삶을 영위할 수 있다. 수호지기 없이는 수호도 없다.

그런 수호지기를 내 손으로 죽인 일은 몇 번을 생각해도 익숙해지지 않는다.

나는 아주 어렸을 때부터 수호지기를 말벗 삼아 외로움을 달랬다. 수호지기가 내게 꼬박꼬박 존대를 하는 것과는 별개로 나에게 있어 수호지기는 친구였고 엄마 대신이었다. 나는 학습 과정에서 생기는 궁금증을 수호지기에게 물었다.

"지기, 지구에 사는 사람들은 왜 늘 도움을 요청해?"

"그들이 사는 환경이 열악하기 때문입니다."

"왜 열악한데?"

"그들의 선조들이 일으킨 전쟁 때문입니다."

"왜 전쟁을 일으켰는데?"

이쯤 되면 수호지기도 내가 순전히 궁금해서 질문을 하는 게 아님을 알았는데 어린 시절의 나로선 애석하게도 수호지기는 무척 영민했다.

"월, 과거의 사람들이 전쟁을 일으켰던 이유는 그들이 게을렀기 때문입니다. 지금의 월처럼. 자, 어서 빨리 선택하세요. 선로 위에 있는 다섯 명입니까, 아니면 다리 위에 있는 한 명입니까?"

그때 내가 어느 쪽을 택했던가. 택하지 않았을지도 모른다. 택하지 않았을 가능성이 높다. 왜냐하면 그 당시 할머니에게 호되게 야단맞은 기억이 내가 기억하는 거의 전부이기 때문이다. 할머니는 나의 선택하지 않음이, 아니 선택이, 비겁한 행동이라고 했다.

할머니한테 혼난 기억 중 여전히 떠올리면 가슴이 내려앉는 순간이 있다. 그걸 혼이 났다고 말하는 게 적절한지는 모르겠는데 아마 들어보면 무슨 뜻인지 알 것이다.

여느 때처럼 수호지기가 내주는 문제를 풀던 난 또 질문을 했다. 문제를 풀기 지루해서 그랬던 게 아니라 정말로 궁금했기 때문이었다.

"지기, 지랄병이… 뭐야?"

수호지기는 푸른빛을 내뿜는 눈을 가늘게 뜨며 내가 또 허튼 짓을 하는 게 아닌지를 가늠하고 있다는 신호를 보냈다. 그러면 내가 피, 하면서 다시 문제를 푼다는 것을 알았기 때문이다. 하지만 나는 정말로 궁금했다. 궁금해졌다.

수호지기가 물었다.

"월, 지랄병의 정의를 알지 못합니까?"

알고 있었다. 물이 무엇인지, 지구가 무엇인지, 그리고 수호가 무엇인지를 알듯 나는 지랄병이 무엇인지를 알고 있었다. 하지만 얼마 전, 마음챙김터에서 만난 내 또래 아이한테 들은 이야기로써 내가 알고 있던 지랄병의 의미가 산산이 부서져버렸다. 그래서 묻지 않을 수 없었다. 내가 알고 있던 지랄병이 정말 그런 의미가 맞는지.

수호지기는 말했다.

"월도 알고 있듯이, 지랄병은 정신적으로 건강하지 못한 상태를 말합니다. 특정 대상에 집착과 환상을 가지는 것이 특징인 지랄병은 현재까지 치료 방법을 알지 못하는 불치병입니다. 13년 전 처음 인지되어 파수꾼의 명령에 의해 집중 관리되고 있으며 예방만이 유일한 방법입니다."

물론 나도 배워서 알고 있는 내용이었다.

"월, 갑자기 그것이 왜 궁금했습니까?"

나는 가즈에라는 이름의 외곽 아이가 비밀을 털어놓듯 했던 말과 그때 느낀 충격을 떠올리곤 덜컥 겁부터 집어먹었다. 그 애와의 일을 말하면 곤란한 상황이 벌어질 수 있다는 걸 대체 어떻게 알았는지 모를 일이다. 나는 적당히 얼버무리고 문제에 집중하는 척했지만 오히려 그 때문에 수호지기는 그 일에 대해 할머니한테 보고하고 말았다. 수호지기가 야속하긴 했지만 그게 그의 의무였다.

그날 저녁, 할머니가 날 당신 방으로 불렀다. 내 입으로 말하기는 뭐하지만 나는 평소 파수꾼의 손녀답게 영특하다는 칭찬을 자주 듣는 편이었는데 그날은 그저 엄마를 볼 생각뿐이었던 것 같다. 내가 들었던 칭찬들은 사실 아부에 지나지 않았던 걸까? 아무튼, 습관처럼 파수꾼의 안경을 향해 손을 뻗는 내게 할머니는 매질이나 다름 없는 한마디를 던졌다.

"네 엄마는 지랄병이다."

그래서 이렇게 영상으로만 보고 있음을 알면서도 그 말은 괜히 가슴을 내려앉게 했다. 아마 그 말을 하는 할머니도 다르지 않았을 것이다.

나는 안경을 향해 손을 뻗던 그대로 멈칫해서 할머니를 쳐다봤다. 그때 내가 할머니한테 고자질을 한 수호지기를 원망했던가? 그보다는 할머니한테 혼날 생각에 거의 제정신이 아니었지 싶다.

"오늘 마음챙김터에서 무슨 일이 있었지?"

그것은 엄포에 지나지 않았다. 바른대로 자백하라는 엄포. 할머니는 파수꾼의 권한으로 수호의 모든 것을 알 수 있었기 때문이다. 나는 여전히 한 손을 뻗은 채 말했다.

"거, 거, 검사를 했어요."

할머니가 눈으로 채근했다.

"의사 선생님이 다 좋다고 하셨어요. 저는 지랄병… 아니에요."

사실 그대로를 말하면서 나는 죄책감 비슷한 걸 느꼈다. 지랄병 때문에 내가 기억도 하기 전부터 시설에서 살고 있는 엄마한테. 그리고 아침에 본 외곽 아이한테. 왜인지는 모르겠지만 나한테도. 어쩌면 화가 났던 걸 수도 있다. 무엇에 대해? 보이지 않는 무엇. 지금으로선 그렇게 말할 수밖에 없다. 그것을 지칭할 언어가 나한테는 없기 때문이다.

할머니는 석상처럼 가만히 날 쳐다보다가 무언가 못마땅한 게 있다는 듯 코로 숨을 내쉬었다. 직접 본 사람이 아니라면 그 표정이 얼마나 사람을 압박하는지 모를 것이다. 나는 그때부터 눈시울이 붉어지기 시작했지만, 정말 울기라도 했다가는 더 큰 화를 피할 수 없기 때문에 어떻게든 울지 않으려 입술을 질끈 깨물고 버텼다. 할머니는 그런 날 보며 무언가를 재고 있었다. 눈물을 참으며 나는 이대로 상황이 무마되길, 어서 빨리 동화 속 공주님처럼 잠을 자는 엄마를 보고 싶었다. 도망치고 싶었다. 다행히 할머니는 안경을 내게 건넸다. 이러한 말과 함께.

"너까지 날 실망시키지는 마라. 네 엄마 하나로도 충분히 버거우니."

나는 그 후 지랄병에 대해 입 밖으로 꺼내지 않았다.

그래서일지 모른다. 그 당시 어른들이 우려해 마지않던 그것이 내 안에서 곪아버린 것은. 그것은 맑은 샘물이 고여 썩어버리는 것처럼 불가피하고, 또 당연한 일이었다.

수호의 아이들에게는 두 가지 의무가 부여됐다.

첫째는 수호의 파수꾼을 보좌해 지구를 돕는 일이었다. 수호의 통신원으로서. 지구에서는 생존자들에 의해 하루에도 수없이 많은 신호가 쏟아져 나왔다. 언뜻 생각하기로는 과연 지구가 전쟁으로 인해 돌이킬 수 없는 피해를 입은 것이 맞나 싶을 정도로 많은 양이었다. 그렇기는 해도 수호지기라면 혼자서 감당할 수 있는 정도긴 했다. 하지만 할머니는, 그러니까 파수꾼은 그 신호에 귀 기울이고 가능하다면 도움을 줄 통신원들을 양성했다. 그래서 수호에서 태어난 아이들은 의무 교육을 통해 통신원이 됐다. 물론 나도 통신원이었다.

수호의 아이들에게 주어지는 또 하나의 의무는 증명하는 것이었다. 자신이 통신원으로서, 그리고 수호의 사람으로서 온전한 정신을 가지고 있다는 것을, 단적으로 말해 지랄병이 아니라는 것을 증명하는 것이었다. 그러기 위해 나를 포함한 수호의 아이들은 주기적으로 마음챙김터에 방문해 검사를 받아야 했다. 그 과정이 특별히 어렵거나 불편한 것은 아니었다. 하지만 나는 항상 무언가가 아직 준비되지 못한 느낌이었다.

지랄병이 병으로 명명된 건 내가 태어날 즈음이었다. 당시 어른들은 신종질환에 대해 그야말로 알아가는 중이었다. 마음챙김터에서 하는 검사도 자연히 서투를 수밖에 없었다. 잠은 잘 자는지, 식욕이 떨어지는 느낌은 없는지, 학습 과정에서 집중력이 흐트러지는 일은 없는지 등등 온갖 걸 물어봤다. 그리고 마지막으로 확인하듯 이렇게 물었다. 최근 들어 지구에 대한 꿈을 꾸지는 않는지를.

지구라니?

나는 지구에 대한 꿈을 꿔본 적이 없었다. 꾸고 싶어도 뭘 알아야 꾸지 않을까? 나와 수호의 아이들은 할머니 세대와는 달리 수호에서 나고 자랐다. 심지어 할머니도 당시의 나보다 훨씬 어린 나이에 아버지 품에 안겨 수호에 올랐다. 대체 우리가 지구에 대해 뭘 안다고 그곳에 대한 꿈을 꾸겠는가.

좋다, 조금 정직하게 말해보자.

지구에 대한 꿈을 꾸기는 했다. 그것도 상당히 자주. 하지만 그건 뭐랄까, 천국에서 뛰노는 꿈을 꾸는 것과 비슷하다. 천국에 실제로 가봐야만 그런 꿈을 꿀 수 있는 것은 아니듯이 꼭 지구에 대해 겪어 보지 않더라도 지구를 꿈꿀 수 있다.

심지어 지구에 대해 아예 모른다고도 할 수 없는 게, 아이들은 매일 같이 지구에 대한 이야기를 들었다. 어른들은 우리에게 질리도록 말했다. 지구가 얼마나 망가졌는지, 왜 그 지경이 됐는지, 결국 그렇게 될 수밖에 없었던 이유는 무엇인지…. 어른들의 말에 따르면, 수호는

'승리자'였다. 무엇에 대해 승리했다는 말일까? 저 혼자 무너져버린 지구? 어른들은 아이들에게 집요하게 강조했다. 우리는 저들과 다르다, 우리는 저들과는 다른 길을 가고 있다, 그러니 수호민임에 자부심을 가져라 등 등….

뭐, 사실이긴 했다. 수호는 지구에 사는 사람들과는 물리적으로 다른 궤적을 그리며 우주를 유영했기 때문이다. 그렇다고 지구의 주변을 맴돌기만 하는 수호가 지구의 생존자들보다 승리하고 있다는 건 여전히 수긍이 안 된다. 그들과 우리 사이에 차이가 있는지도 모르겠다. 내가 보기엔 그저 똑같이 세상을 부유하는 먼지 같은데.

이런 내 생각을 겉으로 드러내지는 않았다. 그랬다간 대번에 마음챙김터 의사가 내 이름을 지랄병 의심 명단에 올렸을 테니까. 그리고 당시에는 지금처럼 명확한 생각을 가지고 있었던 것도 아니다. 그때 우린, 너무 바빴다. 한가한 생각을 품을 시간이 없었다. 수호의 아이들 모두가 말이다. 지구 전역에서 쏘아 올리는 신호를 최대한 수신하기 위해 수호의 아이들은 교대로 통신 단말 앞을 지키며 밤낮없이 메시지를 낙하했다.

지구에 사는 사람들은 참으로 다양한 신호를 보냈다. 단순히 시험해 보기 위한 신호부터 다른 지역으로 보내는 전언 등. 그 종류를 일일이 열거하다간 이 기록이 지구에서 수호 사이의 거리만큼 길어질 것이다.

다시 말하지만 나는 엄마에 대해 이야기하고 싶다.

그리고 엄마를 규정짓던 지랄병이라는 꼬리표에 대해서도. 실체도 없이 수호민 전체를, 그중에서도 특히 수호의 아이들을 옭아맸던 그것에 대해 나는 이야기하고 싶다.

내가 수호지기에게 새삼 지랄병의 의미를 묻게 된 것은 통신반의 반장이 되고 얼마 안 돼서였다.

통신1반 담당인 민 선생님의 호명에 자리에서 일어난 나는 통신원 아이들에게 정식으로 인사하기 위해 통신

반 앞으로 나가 전면에 설치된 거대한 화면을 등지고 섰
다. 지구의 상황이 실시간으로 표시되는 화면에서 깜박
이는 빛이 날 에워싸자 통신반의 모든 것이 낯설게 느껴
졌다. 내 모습이 화면 중앙에 커다랗게 띄워져 있을 거
라는 생각에 괜히 한번 마른침을 삼킨 나는 통신원 아이
들을 향해 말했다.

"안녕하세요, 월입니다."

저마다의 자리에 놓인 작은 화면의 불빛을 받아 번들
거리는 얼굴들이 한꺼번에 날 노려보는 것 같았다. 그저
느낌에 불과하다고 스스로를 설득하려는 찰나, 교실 뒤
편에서 손이 하나 번쩍 올라갔다. 민 선생님이 말했다.

"무슨 일이니, 유카?"

유카…라면 외곽 출신 아이였다. 통신반의 대부분이
외곽 출신이긴 했다. 유카가 제 구역 억양이 섞인 어눌
한 중심말로 말했다.

"워루, 무슨 의미입니까?"

그러고는 제 주변에 있는 아이들과 '츠키, 츠키' 하며

킥킥거렸다. 츠키가 뭐든 간에 놀리는 게 분명했다. 수치심이 들기보단 조금 놀라웠다. 저 애는 내가 중심의 아이, 그것도 파수꾼의 손녀라는 사실 따위 안중에도 없는 듯했다. 대체 어디서 저런 배짱이 나오는 걸까? 나는 유카의 주변에 앉은 같은 구역 아이들을 봤다. 꼭 같은 구역이 아니더라도 저 애들은, 수적으로 많았다.

나는 민 선생님을 돌아봤다. 민 선생님은 특유의 말간 미소를 지을 뿐이었다. 나는 마지못해 말했다.

"월이라는 말에는 뜻이 없어요."

유카가 또 뭐라고 말하려는데 민 선생님이 말했다.

"귀한 이름이구나."

내 이름이 허울뿐이라고 느끼며 자기소개를 이어갔다. 소개도 허울뿐이긴 마찬가지 같아서 나는 서둘러 자기소개를 마무리했다. 어차피 듣고 싶은 사람은 없을 테니까.

자리로 돌아가는데 유카의 뒤쪽에 앉은 아이가 조용히 박수를 치며 날 보고 들리지 않게 뭐라고 말했다.

썩 유쾌하지는 않은 시작은 금방 머릿속에서 지워졌다. 그럴 수밖에 없었다. 통신원의 생활은 가혹하리만큼 바빴다. 심지어 통신반장은 자리에 앉아 있을 시간도 거의 없었다. 뭘 하고 있는지도 모르게 통신반과 중앙 통제실을 오가다 보면 어느새 교대 시간이었다. 가끔은 교대 때도 잊고 반으로 돌아갔다가 텅 빈 공간에 괜히 숨이 턱 막혀 도망치듯 나오기도 했다. 그런 생활에도 제법 익숙해졌을 때, 나의 일상에 금이 갔다.

마음챙김터에서 내 차례를 기다리며 의자에 기대 겨우 숨을 돌리던 내게 한 아이가 "워루" 하고 말을 걸었다. 나는 미안할 만큼 크게 놀라고 말았다. 그 애가 도리어 당황해 입을 다물지 못하는 것을 보고 나는 얼른 말했다.

"아, 미안. 딴 생각을 하고 있었거든. 저, 이름이….."

그 애는 아, 하더니 자신을 가즈에라고 소개했다.

"가즈에?"

처음 듣는 이름은 아니었다. 분명 상위권 목록에서 본

이름이었다. 그런데도 얼굴이 낯설었다. 미안한 마음에 티 내지 않으려 했는데 가즈에가 옅은 미소를 지으며 말했다.

"내가 좀 존재감이 없어서…."

"아니야." 나도 모르게 말했다. "나 너 알아."

말해놓고 보니 내가 통신반장이 되고 정식으로 인사를 했던 날 박수를 쳐주었던 아이였다. 적어도 거짓은 아닌 게 됐다는 생각에 스스로가 우스웠다. 가즈에는 "그래?" 하며 웃었다. 가즈에의 웃음기 서린 실눈을 보며 나는 어쩐지 이 애로 인해 많은 것이 바뀌겠다는 생각을 했는데, 넓게 보면 그리 틀리지 않은 생각이었다.

"너도 검사 받으러 온 거야? 그동안 못 봤는데…"

가즈에는 별거 아니라는 듯 아, 하곤 말했다.

"의사 선생님이 앞으로는 자주 자주 오랬어. 지랄병 의심된대."

나는 순간적으로 무슨 말을 해야 할지 몰라서 입만 헤벌렸다. 혹시 가즈에가 지랄병의 의미를 제대로 알지 못

하는 것은 아닐까 하는 생각이 잠깐 들었지만, 그렇다기엔 너무나 똑똑한 아이였다. 그렇다면 결국 외면이었다. 엄청난 일로부터 한발자국 물러나 있는 것이다. 그렇게 하지 않으면 감당하기 어려운 일이니까. 그렇다면 나도 함께 물러나는 것이 예의였기에 나는 가즈에가 하듯 태연함을 가장했다.

"아, 그렇구나. 그럼 앞으로 자주 보겠네."

가즈에가 웃으며 고개를 끄덕이는 모습을 있는 그대로 보기 위해 퍽 애를 썼다. 나로서는 어쩔 수 없이 그 애의 모습에서 엄마의 모습을 볼 수밖에 없었다. 그래서 마주 미소 짓고 있기가 꽤 힘들었다. 때마침 그 애 차례가 와 그 애가 상담실로 들어가지 않았더라면 아마 가장에 실패하고 말았을 것이다. 그랬다면 정말 꼴사나웠겠지.

얼마나 지났을까. 가즈에가 상담실에서 나오는 것을 보고 나도 모르게 숨을 흡, 들이마셨다. 다시 한번 가장이라는 적과 싸울 준비를 하는데 가즈에가 정말이지 담

담한 표정을 하고 내 쪽으로 다가왔다. 그 순간이 내게
는 가상현실 영화의 한 장면처럼 느껴졌다. 마치 시간을
천천히 감은 듯 가즈에의 행동 하나 하나가 내 뇌리에
각인되는 느낌에 나는 숨조차 쉴 수 없었다. 의자에 앉
아 기다리고 있는 내게로 허리를 숙여 얼굴을 가까이한
가즈에한테서는 아까는 맡지 못한 약 냄새가 물씬 풍겼
다. 가즈에가 속삭였다.

"지랄병이래. 나."

그러고는 비밀이라는 듯 손가락을 입에 가져다 대며
묘한 웃음을 짓는 가즈에를 보고 있자니 나는 태어나
처음 생각해 보지 않을 수 없었다. 엄마를 내게서 떼어
놓고, 이렇게 주기적으로 검사를 받게 하는 그것, 지랄
병이 대체 뭐지? 내가 알고 있는 의미가 맞긴 한 걸까?
그러고 보니 나는 그때까지 그것에 대해 깊이 생각해
본 적이 없었다. 아니, 피해왔다. 왜냐하면 그것은 병이
니까. 엄마를 뺏어간 아주 나쁜 병이니까. 단지 그뿐이
니까.

"이제는 나도 진짜가 될 수 있어."

가즈에가 진심으로 기뻐하며 한 말의 맥락을 쫓지 못하고 나는 '응?'하고 되물었다.

"민 선생님 노래 동아리 말이야. 이제야 나도 진짜 소속감을 느낄 수 있게 됐어."

그런 게 있었던가? 의무 수업을 마치는 대로 수호지기와 일대일로 특수 학습을 받아온 내가 그런 걸 알 리가 없었다. 그건 그렇고, 민 선생님이 노래를? 그보다는 문학 감상이나 글짓기 쪽이 어울리는 느낌인데. 그런데 갑자기 동아리 얘기라니. 나는 이것도 외면의 일종이라고 생각하고 어떻게든 맞장구쳤다.

"잘됐다. 노래 좋아하는구나!"

"아니, 나 노래 싫어해. 시끄러워."

나는 어서 빨리 내 차례가 오기를 바랐지만 반대쪽 끝에 앉아 있던 사람이 상담실 안으로 들어가는 것을 보고 낙담했다.

"워루, 너도 동아리 들어올래?"

"응? 나는 노래 못 부르는데….."

하지만 그 말이 노래를 싫어한다는 애한테 먹힐 변명은 못 됐다. 게다가 내가 노래를 부를 수 있는지 따위와는 관련도 없는 듯했다.

"거기 가면 지랄병 아이들 볼 수 있어."

그게 무슨 대단한 것처럼 말하는 가즈에가 신기했다. 내가 멍하니 쳐다만 보자 가즈에가 덧붙였다.

"워루는 아직 지랄병 아니지만 괜찮아. 나처럼."

나는 왜인지 별 생각 안 하고 고개를 끄덕였다.

"그래, 한번 가볼게."

그렇게 나는 수호의 범죄자가 되었다.

민 선생님이 지구가 어떻게 회생 불가능한 상태이며 그곳에 사는 사람들이 얼마나 불행한지를 나긋나긋한 말투로 설명하는 것을 들으며 나는 선생님이 맡고 있다는 노래 동아리에 대해 생각했다. 머릿속에 선생님의 모습이 잘 그려지지 않았다. 앞서 말했듯, 민 선생님은 노래를 부르는 모습보다는 책상 앞에 앉아 고개를 숙인 채 뭔가를 끼적이는 모습이 더 어울리는 사람이었다. 어떻게든 민 선생님이 노래를 부르는 모습을 떠올리려 애쓰던 나는 약간 과한 느낌이 없지 않은 상상을 하곤 피식 웃어버렸다. 핵겨울의 지속 시간에 대해 설명하던 민 선생님이 내 쪽을 보았다.

"뭘, 무엇이 그리 우습니?"

민 선생님이 웃으며 묻자 통신반 아이들의 이목이 집중되었다. 이중에는 가즈에의 시선도 있겠지?

나는 대답했다.

"죄송합니다, 선생님. 잠시 다른 생각을 하고 있었어요."

대번에 유카가 과장되게 에, 하며 말했다.

"말도 안 돼, 워루가 딴 생각을?"

민 선생님이 이참에 잠시 숨 좀 돌리자는 듯 몸을 비틀었다.

"무슨 생각을 했을까?"

나는 망설이다 입을 열었다.

"선생님이 노래 동아리를 맡고 있다고 들었어요."

민 선생님의 몸이 긴장으로 경직되자 나는 괜한 말을 했다고 후회했다. 한편으로는 조금 의아했다. 내가 잘못본 거겠지. 아닌 게 아니라 민 선생님은 이번에는 반대쪽 방향으로 몸을 비틀고 있었다. 표정은 오히려 평소보다 노곤해 보였다. 역시 잘못 본 게 틀림없었다. 민 선생님이 말했다.

"맞아. 월은 바쁘니까 몰랐구나."

뭔가에 가로막힌 느낌을 나는 애써 모른 척했다.

"그래서… 민 선생님이 노래를 부르시는 모습을 상상해 보느라고요…."

민 선생님의 말간 얼굴이 조금 붉어졌다. 나는 얼른 사과의 말을 덧붙였다. 하지만 아이들 사이에서 번진 웃음은 거센 태양풍처럼 수습이 불가능한 수준이었다. 나는 당황스러웠다. 아니, 나도 그 상상을 하며 피식 웃기는 했지만, 아무리 그래도 이 정도는 아니잖아? 특히 귀에 꽂히는 유카의 탁성은 마치 쇠로 된 판을 억지로 긁는 듯 어색하기가 이루 말할 수가 없었다. 위화감을 느낀 나는 본능적으로 반을 둘러보았다. 유카를 중심으로 그 애와 친한 아이들이 그야말로 박장대소를 하고 있었고, 그 주변 아이들도 전염이라도 된 양 웃음을 터트리고 있었다. 그러나 중심 아이들은 웃지 않았다. 아니, 나

처럼 당황한 기색이 역력했다. 도무지 이 상황이 이해가
안 간다는 듯했다. 나처럼. 그저 구역에 따른 차이일 뿐
일까?

"유카, 너무 웃는 거 아니니?"

민 선생님이 더없이 난처한 표정을 지었다. 유카는 멈
칫하고는 언제 웃었냐는 듯 정색했다. 민 선생님이 후,
하고 숨을 쉰 뒤에 내게 말했다.

"그래, 가끔은 나조차 내가 그런 동아리를 맡고 있다
는 생각에 웃곤 해."

"저는 그냥…."

"우리, 어디까지 했더라?"

유카가 기다렸다는 듯 손을 쳐들었다.

"핵겨울이 백 년도 더 지속될 수 있다고 하셨어요."

"그렇지…."

민 선생님은 다시 설명을 이어갔다. 나는 꼭 버려진
듯한 기분을 느꼈다. 물론 이 상황은 나로 인해 펼쳐졌
고, 벌을 받아도 할 말이 없었다. 하지만 그것과는 별개

로, 나는 조금 전 보이지 않는 벽을 느꼈다. 이따금 느껴왔던 중심과 외곽 사이의 벽과는 또 다른 무언가였는데, 민 선생님이 보였던 태도에서 그것을 분명하게 느꼈다.

나는 훔쳐보듯 가즈에를 찾았다. 그 애는 아마도 늘 그랬을 것처럼 구석에서 조용히 앉아 있었다. 내 시선을 의식한 가즈에는 예의 그 옅은 미소를 지으며 입 모양으로 이렇게 말했다.

아쉽네.

내 추측이었을 뿐이다.

나는 수업이 끝나고도 자리에서 일어나지 않았다. 손목에 찬 단말 속에서 수호지기가 수업이 끝나고도 이동하지 않는 날 지켜보고 있을 것이다. 얼마나 기다려줄까, 문득 그런 생각이 들었다. 왜인지 양심의 가책을 느끼며 나는 민 선생님에게 다가갔다. 교탁 앞에 서서 단말을 조작하던 민 선생님이 날 보고 늘 짓는 미소를 보였다. 처음으로 미소가 가짜처럼 느껴졌다. 대체 무엇이 어디서부터 잘못된 걸까. 잘못이긴 할까.

"선생님, 아깐 죄송했어요."

민 선생님은 무슨 말인가 하는 표정을 하다 이내 아, 하곤 웃었다.

"신경 쓰지 않아도 돼. 그 말 하려고 아직까지 여기 있는 거야?"

나는 손목의 단말을 힐끗 보고는 말했다.

"얼마 전에 마음챙김터에서 가즈에를 만났어요."

민 선생님은 계속하라는 듯 고개를 끄덕였다.

"가즈에가… 노래 동아리에 함께하지 않겠냐고 했어요."

"어?"

민 선생님이 너무 크게 놀라서 나까지 움찔하고 말았다. 민 선생님은 얼른 웃음으로 무마하려 했는데 솔직히 그런 쪽으로는 소질이 없어 보였다. 나는 확신했다. 민 선생님은 내게 뭔가를 숨기고 있었다. 그리고 나는 지금 그 장막이 손에 닿는 곳에 와 있었다. 손가락을 움직이는 것으로 그 장막은 걷힐 터였다. 내가 망설이는데 민 선생님이 말했다.

"월아."

"네."

"노래에… 관심이 있니?"

"어, 그게….."

민 선생님은 기다리고 있었다. 진심으로.

"사실 생각해 본 적 없는 것 같아요. 왜냐하면…."

"그럴 여유가 없었으니까?"

"네, 맞아요."

민 선생님은 여느 때처럼 편안한 모습이었다. 덕분에 나도 마음이 좀 놓였다. 살 것 같았다. 좀 우습기도 했다.

"이런 말을 해도 되는지 모르겠지만," 민 선생님이 내 손목을 힐끔 보았다. "월을 보다보면 가끔 안타까운 마음이 들어. 그 정도로 월은 바쁘게 사니까. 나보다도 더. 물론 월에게는 그만큼 막중한 책임이 있기는 하지만 말이야. 수호의…."

"파수꾼." 이번에는 내가 받았다. "조심하세요. 수호지기가 듣고 있으니까요."

내가 짐짓 손목을 들어 보이자 민 선생님이 작게 웃었다. 그러다 음, 하며 팔짱을 꼈다.

"뭐, 가끔은 안 하던 일을 해보는 것도 나쁘진 않지. 나처럼."

나는 그 말에 웃느라 뒤늦게 물었다.

"노래 동아리에 들어오라고요?"

"네가 원한다면? 특별히 자격 요건이 있는 건 아니니까. 그냥 마음만 있으면 돼."

마음이라. 나는 가즈에가 했던 말을 떠올렸다. 동아리에서 지랄병 아이들을 볼 수 있다는 말. 그럴 마음이 나한테 있을까. 나는 괜히 손목을 힐끗 보고는 말했다.

"해보고 싶어요."

처음 동아리실로 들어가던 순간이 아직도 생생하다. 무언가 굉장한 일이 있었던 것은 아니다. 객관적으로 볼

때 오히려 반대일 것이다. 썩 기억하고 싶지 않은 순간이었다고 한대도 무관할 그때가 왜인지 나에게는 소중하게 느껴진다. 왜 그런지는 이 기록을 남기며 찾아봐야겠다.

민 선생님의 노래 동아리실은 통신반이 있는 중심이 아닌 외곽에 있었다. 민 선생님이 보내준 좌표에는 왕민이라는 이름이 띄워져 있었는데, 나는 그때 처음 민 선생님 출신 구역을 알 수 있었다. 출신 구역은 어른들에게 굉장히 중요한 것이었지만, 나는 그게 궁금했던 적은 없다. 게다가 민 선생님은 중심 사람보다 더 중심어를 더 잘해서 대화하다 출신 구역을 의식한 적이 결코 없었다. 그래서 나는 처음으로 민 선생님이 외곽 출신이라는 것을 알게 되었고 그래서 약간은… 놀랐다. 그때의 나는 정말 어른들과 달랐나?

중심에서 나고 자란 나로서는 외곽에 간다는 것 자체가 퍽 낯선 일이었다. 수호는 파수꾼의 방을 비롯해 통신반처럼 중요한 시설들이 중심에 밀집된 구조다. 그리고 자연스럽게 중요도가 떨어지는 순으로 외곽에 배치 돼 있다. 그 경계를 오가려면 수호 전체에 여덟 대뿐인 승강기를 이용해야 했다. 나는 약속 시간보다 빨리 방을 나서 중심의 중심에 있는 광장을 가로질렀다. 광장은 파수꾼의 연설 같은 특별한 일정이 없으면 대체로 한적한 편이다. 그날도 그랬다. 인공적으로 조성된 잔디밭은 우주만큼이나 텅 비어 있었다. 나는 텅 빈 광장을 걷기를 좋아했다.

그리고 잔디밭과 마주보는 천장. 나는 발걸음을 가볍게 옮기며 천장에 떠 있는 푸른색 행성을 올려다봤다. 지구가 내 머리 위에 있었다. 손만 뻗으면 닿을 듯 아찔한 크기의 지구는 올려다보는 것만으로도 심장이 콩닥거렸다. 괜히 저곳에 있는 날 떠올려보게 하는 마력이 있었다. 얼마나 그러고 있었을까. 날 부르는 목소리에 그만 잔디밭에 주저앉고 말았다. 가즈에는 자기가 더 크게 놀라 엉거주춤 섰다. 나는 얼른 일어났다.

"안녕. 여기서 뭐해?"

가즈에는 손가락으로 어딘가를 가리켰다.

"마음챙김터."

아, 정말 자주자주 가는구나. 나는 뭐라 말하기가 뭐해서 고개만 주억거리다 이내 말했다.

"노래 동아리 가던 길이었어. 그러다가….."

나는 무언가에 홀린 듯이 또 천장을 올려다봤다. 가즈에도 날 따라 고개를 들었다. 우리는 처음부터 그럴 작정이었다는 듯이 그렇게 함께 지구를 바라보았다. 그때, 가즈에가 숨소리처럼 희미하게 노래를 흥얼거렸다. 나는 고개를 내려 그 애를 봤다. 가즈에는 흠칫하더니 주변을 살폈다. 꼭 무슨 죄라도 지은 것처럼.

"민 선생님한테 배운 거야?"

가즈에가 으응, 하고 작게 대답했다. 단순히 소극적인 것은 아닌 것 같았다. 두려워 하는 것 같았다. 무엇을? 아니, 누구를? 나는 말했다.

"너도 갈 거지?"

가즈에는 끄덕끄덕 고갯짓했다.

"가자."

함께 광장을 벗어날 즈음이었다. 가즈에가 뒤를 돌아보더니 천장 속 지구를 보며 나지막이 말했다.

"의사 선생님이 물어. 지구를 꿈꾸냐고." 가즈에가 날봤다. "저것도 지구일까?"

나는 천장 속 지구를 보며 생각했다. 저건 진짜 지구가 아니었다. 수호의 구조상 중심이 외곽이라는 껍질 속에 들어 있는 씨앗과 같아서 여기 광장의 천장에는 지구를 내다볼 수 있는 현창이 나 있을 수 없었다. 그저 천장 전체에 설치된 화면을 통해 수호 바깥에 있는 지구를 비춰주는 것일 뿐이었다. 아니, 그것도 사실과는 달랐다. 천장 속 지구는 정확히는 고대의 지구를 수호지기가 구현한 이미지에 불과했다. 솔직히 말해 수호 바깥에 있는 진짜 지구는 이렇게 올려다보기에 적절한 모습은 아니니까 말이다. 모르긴 몰라도 진짜 지구를 띄워놓으면 광장이 한순간에 지옥으로 변모할 터였다. 그 광경을 상상해 보던 나는 괜히 몸이 떨려 어깨를 움츠리고 가즈에한테 말했다.

"무슨 상관이겠어."

승강기를 타고 외곽으로 내려가는 동안 화면에 표시되는 숫자가 커져가는 만큼 몸이 조금씩 무거워지는 것을 느꼈다. 약간 거북하기도 했다. 외곽 출신인 가즈에는 지금 어떤 느낌을 받을까 궁금해 그 애를 힐끔 쳐다보았다. 이 정도의 미세한 변화가 얼굴에 드러날 리 없지만 어쩐지 가즈에는 중심에서보다 편안해 보였다. 꼭 중력 때문은 아니라는 걸 나는 나중에야 알았다.

민 선생님 방은 외곽에서도 경계 가까이에 있기 때문일까, 중심과 다를 게 없었다. 호기심에 이곳저곳을 두리번거리던 나는 날 쳐다보는 가즈에와 눈이 마주치고는 얼른 시선을 피했다. 나도 모르는 사이, 중심 어른들처럼 행동하고 있었다는 사실에 얼굴이 달아올랐다.

"워루, 왜 그래?"

"아냐. 좀 더운 것 같네."

가즈에가 손 부채질까지 해주는 바람에 얼굴은 아주 터져버릴 것 같았다. 나는 괜히 발걸음을 재촉했다. 정말이지 어딜 봐도 똑같이 특색 없는 회색 복도를 얼마나 걸었을까, 멀리서 악기 소리가 들려왔다. 아이들이 제각기 다른 악기를 가지고 연습하는 듯 민 선생님 방이 위치한 복도는 불협화음으로 소란스러웠다. 아예 개방해 놓은 문 너머로 사복 차림의 통신반 아이들이 바쁘게 움직이는 것이 보이자 콩닥거리던 심장은 더욱더 요동쳤다. 이런 기분은 정말이지 처음이었다. 그땐 그 벅참이 한순간에 무너질지 몰랐다.

문 너머로 익숙한 눈매가 나의 시선에 들어왔다. 유카한테 저런 부드러운 표정도 있다니, 하는 놀라움은 오래가지 않았다. 날 발견한 유카가 눈이 휘둥그레져 소리를 꽥 질렀고 마치 그것이 신호라도 되는 양 아이들이 부산스럽게 움직였다. 나는 내가 꼭 대피해야 할 재난이라도 된 기분으로 어쩔 줄 몰랐다. 그때 가즈에가 앞장 서 방 안으로 들어갔다.

"얘들아, 위루 왔어."

가즈에를 따라 용기를 내서 들어가기는 했지만, 이미 완전히 낙담한 뒤였다. 내가 간간이 느껴왔던 벽은 실제로 존재했다. 나는 벽에 코가 닿을 만큼 다가가고 있었다.

구석에 놓인 책상 앞에 앉아 뭔가에 열중이던 민 선생님이 뒤늦게 고개를 들더니 날 보고 말했다.

"왔구나."

나는 민 선생님의 말을 부정적으로 생각하지 않기 위해 노력했다. 그러니까 '진짜 왔구나' 하는 식으로 말이다. 민 선생님은 아이들이 나로부터 숨기고 있는 무언가를 눈으로 좇기 바빴다. 큼지막하게 중심의 글자가 하나씩 적힌 종이들… '지', '우', '다'….

민 선생님이 내 시선을 따라 방을 둘러보고는 음, 했다.

"월도 알겠지만 곧 있으면 명절이잖니. 그때 광장에서 노래를 부를 때 쓰려고 준비 중이었어."

그런데 그걸 왜 숨기는 거죠? 그것도 나한테? 나는 다만 말했다.

"제가 아무래도 잘못 들어온 것 같아요. 그러니까 시기적으로요. 아무것도 모르는 일에 참여하는 건 모두에게 민폐일 거예요."

"그렇지 않아!" 내 옆에서 가즈에가 놀랄 만큼 큰 소리로 말했다. "워루 노래 잘해! 우리 중 누구보다!"

위로를 해주고 싶은 마음이 일단은 고마웠지만 솔직히 터무니없는 말이었다. 나도 내가 노래를 잘 부르는지, 좋아하기는 하는지를 모르는데 가즈에가 그걸 알 수는 없는 노릇이었다. 심지어 말을 튼 것도 얼마 안 되지 않았나. 유카가 그 점을 지적했다. 자기네 말로 지적해서 정확한 뜻은 알 수 없었지만, 그런 뜻이 아닐 리 없었다. 가즈에는 마치 다른 아이가 된 것처럼 유카를 냉랭하게 쳐다봤는데 보는 내가 마음이 위축될 정도였다. 실제로 유카는 기세가 꺾이고 말았다. 어쩐지 둘 사이에 오랜 역사가 있었지 싶었지만, 민 선생님이 끼어들어서 그 이상은 알 수 없었다. 전문 통역사 못지않게 타 구역 말을 구사한 민 선생님이 다시 중심어로 말했다.

"월이가 노래를 그렇게 잘한다고?"

나는 당황해서 두 손을 내저었다.

"아니에요! 노래 같은 거 해 본 적도 없어요."

가즈에가 다시 거침없이 말했다.

"내가 봤어, 워루 노래하는 거."

"언제?"

내가 살짝 언성을 높여 묻자 가즈에가 돌연 콧노래를 흥얼거렸다. 그건….

"마음챙김터에서 워루 노래 부르고 있었어."

민 선생님이 퍽 심각한 얼굴로 나를 보더니 물었다.

"정말이니?"

"하지만 저건 노래가 아니에요. 그냥 흥얼거린…."

민 선생님이 한 발 다가왔다.

"월아. 저 노래를, 정말 네가 불렀니? 그래?"

나는 두 손을 맞잡고 고개를 끄덕끄덕하며 생각했다.

민 선생님이 엄마와 모종의 관계가 있을지도 모른다고.

나는 내가 마음챙김터에서 콧노래를 흥얼거렸다는 사실을 알지 못했다. 왜 아니겠는가. 우리가 보통 호흡하고 있다는 걸 의식하지 못하듯, 나는 내가 그 노래를 흥얼거리는 걸 대체로 의식하지 못하는 편이다. 요즘도 그렇다. 그 노래, 정확히 말하면 선율은 엄마의 목소리처럼 내 뇌에 각인돼 있다. 그 선율은 엄마의 목소리 그 자체라고 해도 틀린 말이 아니다. 내 기억 속 엄마는 그 선율을 흥얼거리지 않으면 소리를 내는 법이 없었다. 할머니는 그것이 '전형적인 지랄병의 증상' 중 하나라고 했다.

나는 할머니 방에서 파수꾼의 안경을 쓴 채 엄마가 픽

자주 콧노래를 부르는 모습을 지켜보면서 엄마가 노래를 좋아한다고 생각할 따름이었다. 아무리 엄마가 지랄병 때문에 시설의 좁은 방 안에서 머물며 달리 할 게 없다고 해도, 그토록 오랜 시간 반복해서 하는 일을 좋아한다고 생각하지 않을 수는 없었다.

그뿐만이 아니었다. 엄마가 그 선율을 흥얼거리며 가끔 의미를 알 수 없는 말을 가사처럼 읊조리는 것을 듣는 일은 그 자체로 즐길 만했다. 엄마의 중저음과 말하는 듯이 흥얼거리는 노래는 나만 듣는 것이 아쉬울 정도였다. 아주 어렸을 때는 할머니한테 그에 대한 이야기를 했던 것도 같다. 할머니가 뭐라고 했더라? 아무 대꾸도 하지 않았던 것 같다. 하지만 할머니 입장에서 달리 할 수 있는 말이 있었을 것 같지도 않다. 어린 시절의 나는 그저 더 말하면 안 되겠다는 생각을 했을 뿐이다.

그렇다면 내가 할머니와 있을 때에도 엄마의 선율을 흥얼거렸던가? 워낙 무의식 중의 일이라 장담할 수는 없지만, 그러지는 않았던 모양이다. 물론 그러한 자제도 무의식의 영역이었겠지만 말이다. 아무튼, 내가 노래 동아리에 가기 위해 수호지기와의 수업 시간을 조정해 달라고 했을 때, 할머니는 적잖이 놀란 눈치를 보였다. 그러면서 말했다.

"네가? 노래를?"

나는 혹시나 할머니가 반대할까 봐 조급한 마음을 숨기지 못했다.

"왜요, 저는 노래 배우면 안 돼요?"

할머니는 그저 못 들은 척 단말 화면으로 시선을 내렸다. 내가 할머니? 하고 부르자 할머니는 말했다.

"뭐, 그 김에 외곽 문화에 익숙해지는 것도 나쁠 것 없지."

수호의 최고 권력자인 할머니한텐 모든 것이 정치적이었다. 그래도 이만하면 잘 넘어갔다 싶어 안도하는데 할머니가 혼잣말하는 소리가 내 가슴을 건드렸다.

"누가 제 어미 딸 아니랄까 봐 노래라니…."

사실 닮은 게 그것만은 아니라는 말이 목에 걸려 내려

가지 않았지만 나는 그냥 할머니 방에서 나왔다. 그리고 내 방 침대에 엎드려 많이 울었다. 유난히도 엄마가 보고 싶었다. 함께 노래하고 싶었다. 나는 혼자 엄마의 선율을 흥얼거리다 잠에 들었다. 그렇게 하면 꿈에서라도 엄마를 볼 수 있을까 싶었지만, 꿈속에서 난, 지구를 향해 끝없는 낙하를 할 뿐이었다. 잠에서 깬 나는 견딜 수 없어 외로웠다. 그래서 광장에 나가 천장에 떠 있는 가짜 지구를 올려다보다 통신반으로 갔다. 어서 빨리 노래 동아리에 가고 싶은 마음뿐이었다.

그러니 민 선생님이 엄마의 노래에 대해 알고 있는 듯이 말했을 때, 내가 얼마나 혼란스러웠을지를 설명하기란 너무나 어려운 일이다. 그것도 그거지만, 지랄병으로 시설에 있는 엄마에 대해 말한다는 게 쉽지만은 않았다. 내가 사는 세상 전체가 지랄병을 낙인처럼 여기는 경우에는 말이다. 나는 날 바라보는 민 선생님의 간절한 눈빛 너머, 어떤 생각을 품고 있을지를 궁금해하며 조심스럽게 말했다.

"엄마가… 자주 불러요."

민 선생님은 실망스러운 표정을 숨기지 못했다.

"아… 그래?"

미련이 묻어나는 민 선생님의 얼굴은 이렇게 묻는 듯했다. 파수꾼의 딸인 네 엄마가 그 노랠 어떻게 알지? 왜 아는 거지? 하지만 민 선생님은 결국 입을 굳게 닫았다. 턱이 떨릴 만큼 세게.

그게 전부였다.

나는 민 선생님의 파르르 떨리는 턱이 의미하는 게 무엇일지를 생각해보며 나의 첫 동아리 활동을 시작했다. 사실 기대가 없진 않았다. 내가 노래를 부를 수 있을지, 노래를 좋아하기는 하는지 확신할 수 없었지만 그런 걸 다 떠나서 내 또래의 아이들과 수업 이외의 뭔가를 함께할 수 있다는 것이 설레고 기대되었다. 그동안 순전히 수업을 위해 수업에 참여하면서 유카 같은 애들이 다른 아이들에게 둘러싸여 목소리를 높이고 있는 모습을 보면 괜히 시선이 못박히곤 했다. 그때마다 가슴 속에서 피어오르던 감정은 동경에 가까웠다. 너무 거창한가? 어쨌든 부러운 감정이 내 안에서 몸을 움츠리고 있었다. 기회가 되자 그 감정은 부끄러운 줄도 모르고 기지개를 활짝 폈다.

하지만 애석하게도 나는 그곳 아이들과 어울릴 수 없었다. 그저 구석에 앉아 그 공간이나마 내 것으로 만들기 위해 애써야 했다. 텃세라고 해야 할지, 아니면 그저 내가 그곳에서 유일하게 중심 출신이기 때문인지, 그것도 아니면 그냥 나 혼자 겉도는 건지 다른 아이들과 어울리기가 쉽지 않았다. 다행히 가즈에가 내 곁에 있어 줬지만 워낙 조용한 애라 나 혼자 있는 것과 크게 다르지는 않은 기분이었다.

가즈에는 늘 뭔가를 그리느라 바빴다. 쓰는 것이었을 수도 있다. 어쩌면 그 둘 다였을 수도 있고. 단말을 언제나 품에 안고 다니며 뭔가를 끼적였다. 뭘 하느냐고 물어볼 수도 있었지만 어쩐지 입이 떨어지지 않았다. 떼는 순간, 뭔가에 휘말려가고 말 거라는 두려움이 내 입을 틀어막고 버텼다.

민 선생님은 늘 제 책상에 앉아 머리를 파묻을 것처럼 숙이고 뭔가를 써댔는데 가끔은 화색이 된 얼굴을 쳐들고 본인이 쓴 것을 유심히 들여다보곤 했다. 그것은 노랫말이었다. 민 선생님은 방 한쪽에 노랫말을 적은 화면을 틀어놓고 우리에게 발음하는 법을 알려줬다. 분명히 중심어로 쓰여 있는 노래의 의미를 나는 알 수 없었다. 민 선생님 구역의 언어를 중심어로 소리나는 대로 적은 걸까 했지만, 민 선생님과 같은 구역 출신인 아이들도 그 노랫말을 발음하기 위해 무던히 애를 쓰는 걸 보면 그것도 아니었다. 심지어 전문 통역사 못지않은 민 선생님조차 어설픈 느낌을 숨기지 못했다. 가끔은 책상 선반에서 아주 낡은 수첩을 꺼내, 자신이 제대로 발음하는지를 점검하기도 했다. 이 방 안에서 노랫말에 대해 아는 사람은 아무도 없는 것 같았다. 중심어가 모어인 나로서는 무척이나 신선한 경험이었다. 외곽에서 나고 자란 아이들은 매일 같이 겪는 감각일 터였다.

한편으로는 이 낯선 노랫말이 친근하게 느껴질 때도 있었다. 나는 반복해서 노래를 부르며 친밀함이 두드러지는 몇몇 구절을 발견할 수 있었다. 여전히 그 의미는 알 수 없었지만 분명히 어디선가 들어봤다는 생각을 떨치기 힘들었다. 나중에야 파수꾼의 안경 너머로 엄마를 보며 그 구절들을 다름 아닌 엄마한테서 들었다는 걸 깨달았다. 엄마가 민 선생님의 노랫말 일부를 흥얼거려왔던 것이다. 순서상 그 반대겠지만 말이다.

나는 민 선생님과 엄마가 함께 노래를 만드는 모습을 자주 상상했다. 민 선생님과 엄마 사이에 모종의 인연이 있을지도 모른다는 생각을 떨칠 수가 없었다. 엄마가 지랄병을 앓기 전 함께했던 사이였을 수도 있지 않을까? 연인이었다거나, 아니면 함께 노래를 지어 부르는 친구 사이? 엄밀히 말해 엄마가 즐겨 부르는 노래를 민 선생님이 알고 있다고 해서 두 사람의 관계가 증명되지는 않는다. 막말로 수호에 사는 사람치고 엄마에 대해 모르는 사람이 없을 텐데, 정말 두 사람이 아는 사이였다면 나도 진작 눈치챘어야 할 테니 말이다.

하지만 이런 가정을 해보는 것만으로도 마음이 들떠서, 현실적으로 가능성이 희박하다고 단정하면서도 생각을 멈출 수가 없었다. 멈춰야 할 이유가 있는 것도 아니었고 말이다. 그것은 일종의 가혹한 놀이, 그러나 간절한 놀이였다.

내게 허락된 유일한 놀이이기도 했다.

'그래서? 노래를 배우는 거야?'

오정이 지구에서 보낸 전언이 화면에 뜨자, 나는 잠시 주변을 둘러봤다. 통신반 아이들 모두 제 앞에 있는 화면을 보고 지구의 신호를 처리하느라 바빴다. 지구와 수호를 연결하는 제한된 채널을 통해 주고받기엔 분명 사소한 내용이었지만, 나는 잠시 한숨 돌리듯 입가에 미소를 머금고 회신을 보냈다.

'그렇기는 한데, 그보다는 주로 웃고 떠들고 노느라 정신이 없어.'

'노래 동아리가 아니라 놀이 동아리네.'

그럴지도. 아닌 게 아니라 노래 동아리 아이들은 지구 시간으로 하루에 여덟 시간을 통신원으로서 최선을 다해 배우고 일하듯 노래 동아리에서 최선을 다해 노는 것처럼 보였다. 민 선생님도 마찬가지였다. 수업 시간에서의 여유와 피로감을 반씩 섞은 듯한 모습을 동아리 시간에는 좀처럼 볼 수 없었는데 거의 늘 책상 앞에 앉아 뭔가를 쓰는 일에 투지를 불태웠다. 그 일이 민 선생님의 전부인 것처럼 느껴질 정도였다.

나는 또 한 번 주변을 살피곤 전언을 보냈다.

'거기는 어때? 저번에 말했던 일은 잘 해결됐어?'

회신은 금방 돌아오지 않았다. 일이 잘 풀리진 않았나 보다 생각하며 나는 다른 신호를 받아 처리했다. 조난 신호였다. 나는 얼른 신호에 빨간색 태그를 달아 상부로 전달했다. 할머니나 다른 어른들이 직접 처리할 터였다. 조난 신호를 보낸 사람이 수호의 파수꾼에게 구원받기를 바라며 한숨 돌리는데 오정한테서 장문의 전언이

왔다. 나는 그것을 빠르게 읽으며 역시 잘 안 됐구나, 하고 안타까워 했다. 막 회신을 쓰려는데 오정이 또 신호를 보냈다. 마치 벼르고 벼르다 쓴 듯한 내용을 읽자 가슴께가 꽉 막혔다.

'월아, 우리는 어른이 될 수 있을까? 몇 년만 지나면 우리는 성인이 되겠지만 우리가 성인이 된다고 정말로 어른이 되는 걸까? 수호와의 통신을 맡고 있는 내 할아버지나 너희 수호를 다스리고 이곳 심우주지상국에 신탁을 내려주는 파수꾼 할머니처럼 진짜 어른이 될 수 있겠냐 이 말이야. 왠지 나는 몇 년 후 성인이 되어서도 내가 태어나서 지금까지 머물고 있는 이곳에서 단 한발자국도 나가지 못하고 할아버지 밑에서 통신을 돕다 죽을 것 같은데, 너는 어때?'

오정은 태어나면서부터 사지의 힘이 약해 걸음마를 떼지 못한 아이였다. 그래서 수호에 신호를 보낼 수 있는 지상국의 방 한 칸이 오정의 세상 전부나 마찬가지였다. 그곳에서 오정은 할아버지한테 통신을 위한 지식을 배워 나와 같은 통신원 역할을 해왔던 것이다. 하지만 나와는 달리 오정은 통신을 할 일이 많지는 않았다. 물론 수호의 도움이 필요한 일이 많지 않다는 것은 다행스러웠지만, 그것은 반대로 말하면 오정이 할 일이 거의 없다는 뜻이기도 했다. 그래서 오정은 별다른 용무가 없어도 수호에 신호를 보내기 시작했고, 그것이 우리의 인연의 시작이었다. 그렇다고 언제까지 이렇게 값비싼 수다에만 의존할 수는 없다며 할아버지에게 지상국 바깥으로 나갈 수 있게 요청한다고 했던 건데… 그게 잘 안됐던 모양이었다. 오정의 하소연 속 할아버지는 내 할머니보다 더하면 더했지 결코 덜하지는 않은 사람이었다. 나는 천천히 회신을 썼다.

'솔직히 말하면 나도 비슷한 마음이야. 할머니 앞에만 서면 나는 아직도 네 살 아이로 되돌아가는 기분이지. 아마 너도 그럴 거라고 생각해. 하지만 그럼에도 너는 할아버지한테 이야기했어. 일단은 그걸로도 대단한 일이 아닐까? 그러니까 기운 내. 너에게는 수리가 필요한

기계들이 있잖아. 오늘도 네 손을 거쳐 다시 태어날 아이들을 기대할게.'

전송 버튼을 누르려다 손가락을 멈칫했다. 너무 단순한 말이 아닐까? 달리 해줄 수 있는 말이 있는 것도 아니지만. 내가 망설이는 사이, 오정이 또 다른 전언을 전송했다.

'아, 이렇게 푸념을 늘어놓으니까 내 자신이 너무 한심하게 느껴진다. 그렇다고 너한테까지 이야기하지 않으면 이 좁은 방 안에서 나는 미쳐버리고 말 거야.'

나는 '미쳐'라는 말이 새하얀 벽에 찍힌 까만 얼룩이라도 되는 것처럼 뚫어져라 쳐다보느라 회신을 하지 못했다. 오정에게서 또 신호가 왔다.

'어, 미안. 내 말은… 그러니까… 갑갑해서 제 정신이 아니게 될 거라는…. 미안해. 너희 수호 사람들이 그런 말을 싫어한다는 걸 잊은 건 아니야. 그냥 내 얘기를 하다보니 나도 모르게 나온 거야. 이게 편지 같은 거라면 지우고 다시 쓸 수 있을 텐데. 정말 미안해. 아무래도 오

늘은 그만해야겠다. 안녕.'

　그런 건 아닌데…. 나는 오정과의 통신창을 종료했다. 기다렸다는 듯 떠오르는 통신 요청의 폭풍 속에서 왠지 엄마가 보고 싶었다. 천천히 고개를 들어 주변을 살폈다. 동아리 시간에는 쾌활하게 웃고 떠들던 아이들이, 하나같이 심각하기 그지없는 얼굴로 누군가가 보내는 신호에 응답하고 있었다. 평소라면 자부심을 느꼈을 광경이 그 순간만큼은 너무나도 끔찍하게 느껴졌다. 나와 여기 있는 아이들이 제 방에서 꼼짝 못하는 오정과 뭐가 다르지? 무언가 잘못됐다는 느낌이 목을 옥죄었다. 숨쉬고 싶었다. 얼마나 그러고 있었는지, 저 끝에서 역시나 갇힌 듯 있던 민 선생님이 날 보더니 눈으로 물었다. 무슨 일이냐고.

　마치 그것이 신호라도 되는 양 나는 울음을 터뜨리고 말았다. 그리고 그 길로 민 선생님과 함께 마음챙김터로 가서 다음과 같은 진단을 받았다.

　지랄병.

나도 지랄병에 걸린 것이었다.

할머니 방에서 엄마를 보고 있는데 무언가 내가 쓴 안경을 휙 벗겨냈다. 할머니였다. 할머니는 온몸으로 분노를 표현하고 있었다. 나는 꼭 비행을 저지른 듯한 죄책감을 느꼈다. 그러다 문득 이상하다는 생각이 들었다. 내가 지랄병 진단을 받은 것이 내가 원한 일인가? 그리고 지랄병을 앓는 게 나쁜 일인가? 어느 하나 그렇다는 생각은 들지 않았다. 그렇다면 대체 내가 왜 죄책감을 느껴야 하지?

나는 묻고 말았다.

"왜 그렇게 화가 나신 거예요?"

할머니는 눈살을 찌푸렸다.

"그걸 지금 질문이라고 하는 거냐?"

"정말 궁금해서 그래요."

할머니가 기가 찬다는 듯 코웃음쳤다.

"지금 이 상황에서 정말 궁금한 게 내가 왜 화가 났는지라?"

나는 물러서지 않았다.

"말해 주세요."

할머니는 잠시 날 어떻게 할지 고민하는 것처럼 빤히 보다 당신 책상 앞에 앉았다. 그리고 소리쳤다.

"지기!"

그러자 기다렸다는 듯이 수호지기가 단조로운 음성으로 대답하는 소리가 방 안에 울렸다.

"네, 난정. 듣고 있습니다."

"지구의 모습을 보여줘."

"네, 난정. 지구의 모습을 투사합니다."

책상 장치 위로 작은 구체 하나가 떠올랐다. 그 회갈색 물체를 보고 나는 심장이 쪼그라들었다. 반사적으로 느껴지는 양심의 가책은 정말이지 내가 어쩔 수 없는 일이었다. 어렸을 때부터 우리는 저 "불길하기 짝이 없는" 지구를 보면 거부감이 들게 배워왔기 때문이다. 그럼에도 우리 중 적지 않은 아이들이 회갈색 지구를 보며 남몰래 속앓이를 했다. 드러나지 않은 아이까지 다 합하면 그 수는 어마어마할지 몰랐다. 정상이 아닌 게 있다면 이러한 모순이야말로 비정상이었다.

"이것이 뭐라고 생각하냐?"

할머니가 물었다. 문자 그대로의 의미는 아니겠지만 달리 떠오르는 게 없어 결국 나는 답했다.

"지구요."

"그래, 지구다. 너희, 지랄병 애들이 꿈꾸는."

할머니한테 난 이미 타자였다. 하지만 서운한 마음이 들지는 않았다. 믿기 어렵지만 '너희'라는 말이 반갑게 느껴지기도 했다. 나는 비로소 엄마의 딸이 된 느낌이었다. 어깨에 힘이 들어갔다.

"지구는 꿈꿀 만한 곳이 아니라는 교과서적인 얘기를

내가 다른 사람도 아니고 너한테 해야 하는 거냐? 심지어 너는 매일같이 몇 시간씩 저곳에서 연명하는 인간들이 보내는 신호를 받고 있어. 그중 누구 하나 행복해하더냐? 지구란 그런 곳이야! 도대체 그런 곳을 왜 꿈꾸는 거야, 왜!"

그건 질문이 아니었다. 아니, 나를 향한 외침이 아니었다고 해야 할 것이다. 할머니는 수호에 사는 사람들에게 묻는 거였다. 내가 답할 질문은 아니었지만, 나는 말했다.

"그런 지구에도 사람들이 살고 있어요. 매일같이 살아남기 위해 애쓰고 있어요."

"그래서 너도 저곳에서 버둥대고 싶다, 뭐 이거냐?"

"최소한 콧노래를 흥얼거리는 게 유일한 놀거리인 지금보다는 나을 거예요."

"배부른 소리!"

홧김에 말하기는 했지만 나는 내게 주어진 안정이 지루하다고 어리광을 부리는 게 아니었다. 그때서야 난 내가 살아온 삶이, 그리고 수호의 다른 사람들이 사는 모습이 어딘가 이상하다는 것을 깨달았다. 그건 할머니도 마찬가지였다.

"할머니는 지금의 삶에 만족하세요?"

"뭐야?"

"수호의 파수꾼으로서 그 책임을 지고 사는 게 괜찮으시냐고요?"

나는 선을 넘어서고야 말았다. 할머니가 대경실색을 하는 모습에 나는 덜컥 겁을 집어먹었다.

"네가 어떻게 그런 말을!"

"할머니, 제 말은….."

"당장 내 눈앞에서 사라져라. 경고야."

별 도리가 없었다. 나는 할머니 방을 나왔다. 혹시나 해서 닫힌 문 앞에서 기다렸지만 소용없었다. 내 단말을 통해 전언이 전달됐다. 할머니였다.

'앞으로 네 엄마 볼 생각은 마라.'

할머니는 그 말이 내게 어떤 의미인지 정확하게 알고

있었다. 비수에 찔린 심정으로 복도를 걸으며 일이 왜 이렇게 됐는지를 생각했다. 아무리 생각해도 내가 잘못한 일은 없었다. 물론 할머니를 화나게 하기는 했지만 그게 내가 했던 질문 때문이라고는 생각하기 어려웠다. 아니, 하기 싫었다. 그렇다고 할머니한테 책임을 돌리고 싶지도 않았다. 결국 남은 것은 하나였다.

광장의 천장에는 늘 그렇듯 지구가 떠 있었다. 나는 지구를 올려다보며 몸을 떨었다. 늘 배경처럼 떠 있던 지구인데 더없이 낯설었다. 왜? 머릿속에 의문이 떠올랐다. 지구를 꿈꾸는 일을 터부시하고 낙인찍는 수호의 광장에는 어째서 지구가 떠 있지? 지구를 바라보며 심장을 졸이는 것이 '나쁜' 일이라면, 지구가 보이지 않도록 하는 게 나은 방법이 아닌가? 수호는, 할머니는 무슨 생각으로 저 불길하고 위험한 존재를 이렇게 만천하에 드러내는 걸까?

"월아."

나를 마음챙김터까지 데려다주고는 간 줄 알았던 민

선생님이 곁에 와 있었다. 이렇게 가까이 다가올 때까지 지구를 쳐다보느라 모르고 있었다는 사실에 어쩔 줄 몰랐다. 결국 나도 별수 없는 지랄병자라는 생각이 내 이성과는 무관하게 내 마음을 후벼팠다. 아팠다.

"월아, 너무 자책할 필요 없어."

"기다리셨어요?"

민 선생님은 그냥 할머니 방 쪽을 보며 머리를 긁적였다.

"걱정시켜 드려서 죄송해요."

"다시 말하지만 네 잘못이 아니야."

나는 마치 기다렸다는 듯 눈시울을 붉히고 말았다. 나는 그 말을 기다렸다. 내가 가본 적도 없는 지구를 꿈꾸고 결국 지랄병이라는 꼬리표를 달게 된 게 내 책임이 아니라거나 내가 잘못한 것이 아니라는 얘기를 나 아닌 다른 사람의 입을 통해 확인 받고 싶었다. 나는 민 선생님으로부터 그것을 확인 받았다.

그리고 그게 시작이었다.

나는 달라진 동아리 분위기에 무슨 반응을 보여야 할지 알 수가 없었다. 민 선생님을 따라 들어간 동아리실은 아기자기한 장식으로 꾸며져 있었는데, 그것이 다름 아닌 날 위한 것이라는 사실을 믿을 수가 없었다. 나는 그곳에서 언제나 유일한 중심 아이일 뿐이었는데. 유카가 내 목에 종이접기로 만든 목걸이를 걸어주는 동안 이 모든 게 유카가 계획한 못된 장난이 아닐까 싶을 정도였다. 나도 모르게 한발 물러서자 유카가 조금은 떨떠름한 표정으로 말했다.

"나라고 뭐 좋아서 하는 줄 알아? 꽝을 뽑았다고!"

그렇다면 납득은 갔다. 내가 고개를 숙이자 유카가 목걸이를 마저 걸었다. 그러고는 붉게 상기된 얼굴로 도망치듯 물러났다. 그 모습에 아이들이 웃음을 자아냈고, 유카가 버럭 소리쳤다.

"우루사이!"

유카가 걸핏하면 하는 말이라 나도 무슨 말인지 알았다. 시끄럽다는 뜻이었다. 그러자 유카와 같은 구역 출신 아이들은 입을 막고 쿡쿡댔고 그걸 본 다른 구역 아이들도 웃음을 참거나 최소한 그러는 척이라도 했다. 민선생님이 말했다.

"자, 준비한 게 있으니 마저 해볼까."

그러자 아이들이 자세를 바로잡고 호흡을 가다듬었다. 그리고 노래를 부르기 시작했다. 아이들이 한목소리로 부르는 익숙한 선율에 나는 입을 헤벌리고 꼼짝도 하지 못했다. 엄마가 흥얼거리던 단편적인 선율이 아이들의 목소리를 통해 완전한 노래가 되어 동아리실 안을 메아리쳤다. 나는 아까 광장에서 울었던 게 무색하게 또다시 눈물을 쏟고 말았는데 그걸 본 아이들 몇이 노래를 부르다 말고 울기 시작했고 이내 동아리실 안에는 우는 소리만이 가득해졌다. 가장 먼저 눈물을 흘린 나는 가장 먼저 진정하고는 이 상황이 좀 웃겨서 이번에는 웃음을 터뜨리고 말았고, 다시 한번 그것이 전염돼 방 안은 웃음바다가 됐다. 손수건으로 눈물을 찍어내던 민 선생님이 내게 말했다.

"월아, 진짜 우리가 된 걸 환영한다."

나는 가즈에와 처음 만났던 날 그 애가 했던 얘기를 떠올렸다.

"지랄병이요?"

그러자 무리 중의 한 아이가 소리쳤다.

"지랄병 아냐!"

내가 그 애를 돌아봤다. 그럼? 그 애가 어눌한 중심어로 한 글자 한 글자 또박또박 말했다.

"지, 구, 아, 리!"

옆에서 그거 아니라고 반박하더니 비슷하게 들릴 뿐인 말을 반복했다. 그러자 민 선생님이 크고 분명하게 말했다.

"지구앓이."

내가 "지구앓이?"하고 따라하자 민 선생님이 설명했다.

"언어의 재전유를 시도해 보려는 거야."

"재…전유요? 빼앗아 온다는 뜻인가요?"

"그렇지!"

민 선생님이 순수하게 기뻐하는 모습에서 나는 묘한 기시감 같은 것을 느꼈다.

"예로부터 사람들은 자신과 다르다고 생각하는 사람들을 멸칭으로 얕잡아 부르곤 했어. 그리 특이한 일도 아니지. 너희도 걸핏하면 서로를 그런 식으로 부르잖아. 그렇지?"

민 선생님이 유창하게 구사하는 각 구역의 은어를 듣고 웃음을 터뜨리지 않는 아이가 없었다.

"그중에서도 아프고 힘없는 사람을 그 사람들의 아픔으로 얕잡아 부르는 것은 그 사람들의 존재 자체를 지워버리는 일이야. 매우 폭력적인 일인 거지. 일단 그런 식으로 불리고 나면 더는 사람이 존재하지 않게 돼. 껍데기 같은 이름만이 남는 거야. 더는 인간적인 대우를 할 필요조차 느낄 수 없게."

나와 아이들은 방금까지 웃었던 것에 죄책감을 느끼고 입을 굳게 다물었다.

"다행히도 우리에겐 아직 시간이 있어. 우리를 지워 내는 이름을 진짜 우리 것으로 빼앗아 올 시간이."

민 선생님이 방 한편의 선반에서 커다란 상자를 가지고 오자 아이들은 약속이라도 한 것처럼 그 안에서 색색의 종이를 꺼내들고 이리저리 움직였다. 나는 그중 일부를 기억해내고 어, 하고 소리쳤다. 내가 동아리에 처음 왔을 때 아이들이 급하게 숨겼던 종이들이었다. 아이들이 일사불란하게 움직여 재배열한 글자들은 이렇게 외치고 있었다.

'우리는 지랄병이 아니다! 우리는 지구앓이 중!'

아직 구체적인 이야기를 들은 것도 아닌데 왠지 소름이 끼쳐서 나는 팔로 내 스스로를 감싸듯 잡았다.

"이번 명절에 광장에서 노래와 함께 알릴 예정이야. 우리에 대해."

나는 조심스럽게 말했다.

"괜찮을까요?"

"뭐, 우리가 수호를 탈취해 지구로 가겠다고 하는 것

도 아닌데 무슨 일이 있겠니?"

나는 민 선생님을 빤히 봤다.

"왜?"

"아니… 뭔가… 비꼬신 것처럼 들려서요. 죄송해요,
선생님이 그러실 분이 아닌데….''

민 선생님이 볼을 붉적였다.

"사실 맞아."

민 선생님에게 이런 면이 있었다니 놀라웠다. 그 말을
끝으로 민 선생님이 내 시선을 피하는 바람에 더 자세히
는 물을 수 없었다. 하지만 알아야만 하는 게 있었다.

"위에서 아는 건가요? 저… 주장에 대해?"

"아니. 그냥 노래자랑 정도로 알고 있어."

나는 반사적으로 내 손목에 찬 단말을 내려다봤다. 민
선생님이 그 의미를 눈치채고 말했다.

"수호지기는 무엇보다 인간의 기본권을 수호하기 위
해 존재한다, 기억하지?"

나는 뜬금없이 무슨 말이냐는 눈으로 민 선생님을 보

면서도 고개를 끄덕였다.

"수호지기는 수호민들의 안전을 위해 불철주야 수호를 경계해. 그리고 수호에 악영향을 끼칠 만한 일이라면 뭐든 상부에 보고하지."

나는 고개를 갸웃했다.

"반대로 말하면 수호지기는 우리가 준비한 사소한 '장난'에 대해 알더라도 아무 조치도 취할 리 없다는 거지. 왜냐하면 수호민의 사생활을 보호하는 것도 수호지기에겐 중요한 사명이니까. 내 말이 맞지?"

나는 고개를 세차게 끄덕거렸다. 웃음마저 나왔다. 민 선생님이 모두에게 말했다.

"애들아, 다시 한번 말하지만 우리는 장난을 치는 거야. 우리에게 재미있고 뜻깊은 장난. 어른들의 눈에 보기엔 안 좋아 보일 수 있지만, 그렇다고 우리가 잘못된 행동을 저지르는 건 아니야. 그렇지?"

아이들이 저마다 다른 언어로 대답하는 것이 왠지 듣기 좋은 화음처럼 느껴졌다.

"자, 그럼 오늘도 우리의 장난을 위해 연습해 볼까?"

이번에는 모두가 대답하지는 않았는데, 그래서 또다시 웃음바다가 일었다.

노래 연습이 이어졌다. 이번 노래는 특히나 엄마의 노래와 비슷하게 느껴졌다. 단순히 몇 구절이 그런 게 아니라 거의 같은 노래라고 할 수도 있을 것 같았다. 민 선생님과 엄마는 대체 무슨 사이였을까. 물어볼 용기는 나지 않았다. 알게 된다고 해서 달라질 것도 없다는 생각이 들었다. 엄마는 시설에서 자기만의 세계에 갇혀 있는 처지였으니 말이다. 인정하는 바, 지나치게 게으른 생각이었다.

다만 궁금한 게 있어서 수업이 끝나고 내가 물었다.

"늘 궁금했던 건데요, 선생님 노래에 쓰이는 언어는 어느 구역 말이에요?"

"음, 글쎄."

나는 장난이라고 생각하고 다음 말을 기다렸지만 민 선생님은 언제나 그렇듯 생글거리는 얼굴로 말없이 날 볼 뿐이었다. 그래서 다시 물었다.

"모른다는 말씀이에요?"

"그게, 좀 복잡해. 아무튼, 내가 아는 누군가한테 배운 거야. 아주 잠깐이지만."

그 누군가가 엄마일까? 나는 애써 아무렇지 않은 척 또 물었다. 목이 잠긴 것 같았지만 어차피 고래고래 소리를 지르며 노래를 부른 뒤니 상관없겠지 싶었다.

"그럼 왜… 잘 알지도 못하는 말로 가사를 썼어요?"

"기억하기 위해서지."

무모했다는 걸 인정하지 않을 수 없다. 너무나도 갑작스럽게 터져 나오는 눈물에 나조차 깜짝 놀라지 않을 수 없었는데 민 선생님은 오죽했을까 싶다. 민 선생님은 그야말로 얼어붙어서 입을 다물지 못했다. 나는 얼른 눈물을 훔치며 웃어 보였다.

"아, 오늘따라 왜 이러지. 아무래도 합창했던 게 뒤늦게 오나 봐요."

누가 봐도 그건 아니라서 민 선생님도 별로 수긍은 하

지 않는 얼굴이었다. 그럼에도 그래, 하면서 내 어깨를 다독여 줬다. 뭔가 하고 싶은 말이 있는 눈친데, 그걸 보니 나도 묻고 싶어졌다. 하지만 왠지 그러면 안 될 것 같았다. 두려웠다. 무엇이? 나는 그때 너무나도 이기적인 마음으로 그 상황을 회피하고 말았다. 인사를 하고 내 방 쪽으로 달리며 나는 계속해서 울었다.

대망의 장난일, 민 선생님과 나를 포함한 아이들은 광장에 마련된 대기 공간에서 겉으로는 합창 연습을 하는 척하며 보이지 않게 외침을 준비했다. 사실 별것도 아닌데 무슨 대단한 일이라도 되는 것처럼 느껴졌다. 긴장됐다. 다리가 후들거려서 좀처럼 서 있을 수가 없었다. 나는 의자 끄트머리에 엉덩이를 걸친 채 나만 이런 건지 확인했다. 다행이라고 해야 할지 모두가 크고 작게 긴장한 채였다. 그리고 민 선생님은… 거의 기절하기 직전이었다. 하얗다는 말로는 부족한 낯빛을 보니 왠지 내 긴장은 별거 아닌 것처럼 느껴져서 안도의 숨을 내쉬곤 민 선생님한테 다가갔다.

"그냥 장난일 뿐이라면서요."

민 선생님이 너무 크게 놀라는 바람에 덩달아 나까지 깜짝 놀라고 말았다.

"선생님!"

"아, 미안. 무슨 말 했니?"

나 참. 나는 민 선생님이 두 손으로 꼭 움켜쥐고 있는 낡은 수첩을 보고 말했다.

"그거, 괜찮아요? 너무 구겨졌는데."

민 선생님이 제 손을 보더니 어, 하고는 두 손을 펼치는 바람에 수첩이 바닥으로 떨어졌다. 내 발 아래로 펼쳐진 수첩 속에는 엄마의 얼굴이 그려져 있었다. 나는 그것을 보고 아무것도 할 수가 없었다. 민 선생님이 얼른 수첩을 주위 들고는 이곳저곳을 살폈다. 단지 그뿐이었다.

내가 두려워했던 것. 민 선생님은 엄마에 대해 알고 있었다. 그리고… 모르고 있었다. 저 수첩 속에 간직하고 있는 얼굴이 내 엄마라는 것과 십수 년째 시설에 머물고 있다는 것을 민 선생님은 모르는 것 같았다.

　그래서 나도 모른 척했다. 사실은 아무 생각도 들지 않았다. 무슨 생각을 해야 하는지도 알 수 없었다. 그래서 아무것도 하지 않았다. 민 선생님은 그런 나를 한 번 보더니 수첩을 가리켰다.

　"내가 좀 옛것을 좋아해서."

　무슨 말이라도 해야 했다.

　"그런 건 어디서 구하셨어요? 재생 용지도 점점 줄어들고 있는데."

　"저번에 말한 그 사람이 쓰던 거야."

　"정말요?"

　나도 모르게 버럭 말했다. 다행히 주변이 시끄러워서 이상하게 보이지는 않았을 것이다. 하지만 정말 다행인 걸까, 그런 생각도 없지는 않았다.

　"응. 그 사람이야말로 옛것을 참 좋아했어. 나는 그 사람한테 영향을 받은 정도고."

　민 선생님은 아예 수첩을 펼쳐 엄마의 얼굴을 보여주

기까지 했다. 도저히 무슨 반응을 어떻게 해야 할지 몰랐다. 민 선생님이 그린 엄마는 내가 아는 엄마의 모습과는 다른 구석이 있었다. 일단 젊었고, 무엇보다 웃고 있었다. 나는 그제야 엄마의 웃는 얼굴을 본 적이 없다는 사실을 깨닫고 혼란을 느꼈다. 설마. 아니겠지. 봤는데 기억을 못 하는 거겠지. 아니면 그림이 낯설어서 그렇게 느껴진다든가. 엄마의 미소를 이런 식으로 처음 본다는 게 너무나도 이상했고 화가 났다. 그래서 나는 그만 고개를 돌렸다. 과거로 날아간 듯한 표정을 지은 민 선생님에게 나는 보이지 않는 듯했다.

"따지고 보면 참 이상한 일이야. 그 사람이 좋아했던 것들, 하나같이 지구 시대 것들이거든. 그중 일부는 수호의 도서관에도 없는데, 그냥 우리 윗세대들이 추억에 잠겨 이야기하는 것들인데, 그 사람은 마치 자기가 어렸을 때 즐겼던 것을 추억하듯 하더라고. 그때 알아챘어야 하는데…."

뭘 알아챘어야 했냐고 물으려는 순간, 행사 관계자가

우리에게 준비하라고 알렸다. 민 선생님이 꿈에서 깨어
난 듯 수첩을 닫고 우리에게 소리쳤다.

"자, 얘들아, 이제부터 실전이야! 긴장할 건 없어. 그
냥 늘 해왔던 것처럼, 편안하게 하면 돼."

유카가 퉁명스럽게 받아쳤다.

"우린 늘 편안하게 놀기만 했다구요."

아이들은 물론 나까지 웃지 않을 수 없었다. 그 애 말
대로였다. 우리는 대체로 웃고 떠들기 바빴다. 이때가
아니면 그럴 수 없다는 듯 필사적으로. 아니, 마치가 아
니었다. 실제로 우리는 민 선생님의 노래 동아리실이 아
니면 그렇게 웃고 떠들 수 없었다. 그러면 안 되는 건 아
니었지만, 그럴 시간과 여유가 없었달까.

민 선생님이 말했다.

"그럼 편안하게 놀고 오자."

그렇게 우리는 편안하게 놀기 위해 무대에 올랐다. 민
선생님의 지휘에 따라 우리는 아무도 그 뜻을 알지 못하
는 노래를 부르기 시작했다. 예상대로 사람들은 어리둥

절했지만 그래도 박수를 치며 선율과 박자에 따라 몸을 움직였다. 나는 문득 할머니가 어떻게 듣고 있을까 궁금해 파수꾼이 있는 자리를 보았다. 그리고 더는 노래를 부를 수가 없었다.

할머니는 분노하고 있었다.

왜? 내가 노래를 부르는 걸 몰랐던 것도 아니고, 저렇게 화를 내는 이유를 나는 알 수 없었다. 민 선생님이 내가 노래를 부르지 못하는 것을 눈치채고 내 시선을 따라 할머니가 있는 쪽을 힐끔 보았다. 하지만 그뿐이었다. 다시 날 쳐다본 민 선생님은 그저 미소 지어 보일 뿐이었다. 그 순간 나는 어떤 깨달음을 얻었다. 하지만 그와 동시에 벌어진 일 때문에 그 깨달음은 다시 무의식의 늪으로 빠져버렸다. 할머니가 손을 들더니 외쳤다.

"왕민을 잡아. 당장!"

사람들이 달려왔다. 노래는 끊겼다. 우리는 우리의 이름을 되찾을 새도 없이 민 선생님이 끌려가는 모습을 지켜보아야 했다.

도대체 무슨 일이 벌어지고 있는지 알아야 했다. 하지만 내가 파수꾼의 자리까지 갔을 땐 이미 자리가 비어 있었다. 머릿속이 새하얘졌다. 어떻게 해야 할지 알 수가 없었다.

　뒤에서 누군가가 내 팔을 잡아챘다. 가즈에였다. 나도 모르게 칭얼거리듯 말했다.

　"없어. 가 버렸어."

　"어디로?"

　"모르겠어… 아니, 아니야. 수호에서 파수꾼의 명령으로 끌려갈 곳은 한 곳밖에 없어. 조사실!"

　그 당연한 걸 그제야 깨달은 건 물론 경황이 없었기 때문이다.

　"하지만 거긴 아무나 들어갈 수 없어."

　"어쩌면 나는 가능할 수도 있어. 왜냐하면…."

　"왜냐하면 너는 파수꾼의 손녀니까."

　인파를 헤치고 나타난 유카가 내 말을 끊고 그렇게 말했는데, 그 어조에 살벌한 분위기가 물씬 풍겼다.

"파수꾼은 처음부터 모든 걸 알고 있었어. 그렇지 않으면 지금 이 상황을 설명할 수가 없어. 안 그래?"

그러고는 날 노려보는 유카에게선 살의마저 느껴졌다. 가즈에가 끼어들었다.

"하지만 우리가 하려고 했던 건 그냥 단순한 외침이야. 이렇게까지 할 일이 아니라고."

"뭐가 됐든!"

유카가 가즈에를 향해 소리치고는 다시 날 쳐다봤다.

"난 중심 인간들이 싫어!"

나는 도망치고 말았다. 그 절대적인 적의에 맞서기는커녕 모른 척할 수도 없었다. 그 순간만큼은 유카의 말이 납득되었다. 지금 다시 생각해 봐도 달리 어떤 선택을 할 수 있었을까 싶다. 중심에서 나고 자란 나에게, 파수꾼의 손녀인 나에게 다른 길은 없었다.

그래도 내게 주어진 유일한 길에서 할 수 있는 게 아주 없지는 않았다. 나는 그 길로 조사실을 향해 달렸다. 파수꾼의 손녀라고 모든 공간에 접근할 권한이 있는 것은 아니지만, 최소한 다른 사람들에게 그러듯 금지하고 있지는 않아서 출입은 가능했다.

조사실 구역도 다른 구역과 생긴 건 같았다. 단지 잘못이 있는 수호민을 잡아와 심문하는 곳이라는 사실이 그곳을 다른 구역과는 다르게 보이게 했다. 나는 두려움에 떨며 복도를 나아갔다. 저 멀리서 문이 열리고 녹초가 된 사람이 나왔다. 그는 유령처럼 나를 지나쳐갔다. 대체 무슨 잘못을 하면 사람이 저렇게 될까. 그리고 민 선생님에겐 어떤 잘못이 있길래 이곳에 끌려온 걸까. 설마 아이들을 데려다 놀게 한 게 그렇게 큰 잘못일까? 아니면 우리가 제 이름을 되찾을 수 있게 해준 것이? 뒤늦게 나는 이런 생각의 방향 자체가 잘못되었다고 확신했다. 잘못이 있어서 여기 온 게 아니었다. 여기에 왔기 때문에 잘못이 생긴 거였다.

복도 끝 방에서 나는 할머니의 호통 소리를 들을 수 있었다. 하지만 대화 내용은 들리지 않았다. 대화가 오가는지도 알 수 없었다. 그렇다고 문을 열고 들어갈 수도 없는 노릇이었다. 당연히 열리지도 않겠지만.

"누구야?"

복도에 울리는 목소리에 하마터면 펄쩍 뛸 뻔했다. 아까 나를 지나쳐간 사람이 나온 방에서 제복을 입은 여자가 나오다 날 발견한 거였다. 나는 최대한 태연함을 가장했다. 할머니를 대하며 가장 먼저 익힌 거기도 했다.

"안녕하세요. 저, 아시죠?"

내가 파수꾼의 손녀라는 사실을 확인한 그는 오히려 안도하는 눈치였다. 아닌 게 아니라 통신원 또래가 이곳에 있는 건 정말 이상한 일이었다.

"무슨 일 있니?"

"그냥 단순한 보고예요. 아시다시피 통신반장이니까요. 그런데 수호지기가 이리로 안내를 하길래…."

납득하는 얼굴은 아니었지만 그렇다고 추궁을 하지도 않았다. 내가 파수꾼의 손녀이기 때문에. 그 사실을 가시처럼 느끼며 얼른 인사를 하고 그곳을 빠져나왔다. 파수꾼의 손녀라는 특권으로는 이런 쓸데없는 일밖에는 못 하는 건가 싶은 자괴감으로부터 달아났다.

할 수 있는 것이 없었다. 그리고 갈 곳도 없었다. 유카가 있는 동아리실은 절대 가고 싶지 않았다. 그곳에서 그 애들을 볼 용기가 나지 않았다. 처음부터 그곳에 가는 게 아니었다. 그랬다면 최소한 죄책감에 시달리진 않아도 됐을 텐데. 결국 내가 간 곳은 통신반이었다. 어떻게든 이 상황을 잊을 만한 일이 필요했다.

텅 빈 통신반에서 나는 지구와의 소통에 집중했다. 이 시간에는 3반이 통신 업무를 맡고 있기 때문에 내가 할 수 있는 일은 3반에서 처리할 수 없는, 혹은 처리할 필요 없는 일들뿐이었다. 어렵거나 하찮은 일들. 하지만 아무래도 좋았다. 민 선생님이 조사실에서 할머니한테 추궁을 당하고 있고 노래 동아리 아이들 대부분이 나를 중심의 첩자로 여기는 상황으로부터 벗어날 수만 있다면 무슨 일이든 할 수 있었다.

그때 오정에게서 신호가 도착했다.

'월이, 너야?'

나는 통신반 전면에 떠 있는 지구의 시간대를 확인했다. 오정이 위치한 곳의 사람들은 한창 잠에 들어 있어야 할 시간이었다.

'맞아. 근데 안 자고 뭐해?'

'잠이 안 와서.'

어쩐지 처음이 아닐 것 같다는 생각이 들었다. 우연히 두 사람이 통신 외 시간대에 접속할 확률이 그렇게 높을 리는 없으니까. 하지만 그런 얘기 대신에 나는 내가 처한 상황에 대해 알려줬다. 이 이야기를 들어줄 사람을 기다렸다는 듯이 한참을 쏟아냈다. 내가 다 쏟아냈는지 확인이라도 하듯 잠시 기다렸다가 오정이 물었다.

'신기하지 않아?'

'뭐가?'

'우리 역할이 바뀌었어.'

나는 뒤늦게 창피해졌다. 역시 하면 안 되는 일이었다고 자책하는데 오정이 말했다.

'나는 그동안 내가 뭔가를 하소연만 하는 사람인 줄

알았어.'

'세상에 그런 사람이 어딨어.'

'그렇지. 월이 네가 들어줘야 하는 사람만은 아니듯이.'

그 말이 손등을 내려치기라도 한 듯 얼얼했다. 의식적으로 손을 움직여 전언을 전송했다.

'하지만 나는 수호의 통신원이야. 들어주는 건 내 일이고. 나는 들어줘야 해.'

'그걸 네가 원해?'

나도 모르게 한숨이 터져 나왔다. 대체 뭘 하고 있나 싶었다. 오정이 야속하기도 했다. 그래서 말해버렸다.

'네가 지금 그곳에 있고 싶어서 있는 게 아니듯이 나도 그래. 그뿐이야.'

'그렇지.'

후회가 밀려왔지만 돌이킬 수 없었다. 틀린 말은 아니지 않나. 그럼에도 굳이 그런 식으로 말할 필요까진 없었다는 것을 부정할 순 없었다. 사과를 할까? 그러면 일이 더 나빠질 터였다. 나는 말했다.

'하고 싶은 일을 할 수 있다는 건 뭘까?'

대답을 기다리기가 끔찍하게 괴로웠다. 이대로 대화가 끊어질까 두려웠다. 다행히 오정의 답신이 왔다.

'일단은 그럴 가능성이 있다는 거겠지. 가능성이 없는 사람한테는 선택 자체가 불가능하니까.'

어쩐지 자기 얘기를 하는 것 같아서 마음이 더 불편해졌다. 나는 거의 기계적으로 그 말을 부정하기 위해 대꾸했다.

'가능성이 없어도 선택할 수 있는 게 진정한 자유 아닐까?'

'그건 그런데, 세상은 그렇게 여유롭지 않잖아. 당장 내일 숨 쉴 공기를 만들기 위해 하루 종일 일만 해야 하는 사람들한테 그러지 말고 하고 싶은 일을 하라고 할 수는 없으니까 말이야.'

수호에도 외곽에 사는 사람들 대부분이 수호의 체계가 순환할 수 있도록 눈을 뜬 대부분의 시간 동안 일을 했다. 그중에는 우주복을 입고 선외 활동을 하다 병들거나 실종되는 사람도 있고 결국 사망해 환원 처분되는 사람도 있다. 나는 끝이 보이지 않는 기분으로 말했다.

'도대체 뭐가 어디서부터 어떻게 잘못된 걸까.'

답이 돌아오지 않았다. 그렇게 대화가 끝나는가 싶더니 오정이 말했다.

'그래서 네가 하고 싶은 게 뭔데? 노래?'

'아니야.'

한참 답 안 나오는 늪을 헤매고는 하고 싶은 일이라는 게 무슨 의미가 있나. 하지만 어차피 답이 없는 문제라면 꿈이라도 꾸면서 사는 것도 나쁘지 않겠다는 생각에 나는 말했다.

'나는 말이야, 엄마랑 지구에 가고 싶어.'

이것은 단순히 꿈이다. 그러니 죄책감 가질 필요 없다. 스스로에게 최면을 걸듯 속으로 되뇌었다.

'지구에 오고 싶다고? 왜?'

그야… 할머니와 어른들이 지랄병이라고 부르는 것,

민 선생님은 지구앓이라고 고쳐 부르는 것 때문이지. 나는 이에 대해 얘기를 할까 말까 고민하다 결국 말했다.

'수호에는 무서운 병이 있어. 지랄병이라는. 그 병에 걸린 사람은 자기가 가본 적도 없는 지구에 대한 환상을 가지는데, 그게 심해지면 일상생활도 힘들어지고 급기야는 미쳐버리고 마는 거야. 우리 엄마가 그거야. 지랄병. 그래서 내가 기억도 못 할 만큼 오래전부터 시설에서 요양 중이야.'

'그럼 쭉 그 시설이라는 곳에서 지내시는 거야?'

'응. 엄마는 지금도 지구를 꿈꿔. 그래서 그런 엄마랑 지구에 가보고 싶어. 시설에서 벗어나게 해주고 싶어. 그게 내가 하고 싶은 일이야.'

말이라는 건, 우리가 생각하는 것보다 훨씬 더 커다란 힘을 지니고 있다. 막연하게 머릿속으로 생각만 할 때는 그저 흐릿한 수증기 같았던 무언가가 말이 되어 입 밖으로 나오는 순간 손에 쥘 수 있는 물성을 갖는 것이다. 입 밖으로 나온 말은 블랙홀처럼 우리의 주의를 끌어당

기고 더는 모른 척할 수 없는 것이 돼버린다. 사람은 그것에 끌려다니기도 한다. 나는 내가 뱉은 말에 끌려가기 시작했다. 하지만 나는 그걸 원했다.

'엄마를 데리고 지구로 가려면 어떻게 해야 하지? 그러니까… 가상의 이야기 속에서 말이야.'

'음, 일단 그 시설이란 곳에서 나와야겠지.'

'거기에서는 어떻게 나오지?'

'지랄병 때문에 들어가 있는 거니까 지랄병이 나아야겠지.'

'하지만 지랄병이 아니면 지구에 가야 할 목적도 사라져.'

'지랄병이라는 게 결국은 지구에 가고 싶어 하는 마음인 거잖아?'

'그렇다고 할 수 있지.'

'그럼 지구에 가고 싶어 하는 마음을 그런 무시무시한 이름으로 부르고 병으로 분류하지 않으면 되는 거 아니야?'

'맞아! 지구앓이!'

'응?'

'사실 내가 활동하는 노래 동아리에서 어른들 몰래 그런 일을 하고 있어. 지랄병을 지구앓이로 고쳐 부르는 운동이랄까.'

'저항군처럼?'

노래 동아리가 실은 저항군이었다? 그리고 그 단체가 하는 일은 엄마 같은 사람들에게 찍힌 낙인을 지우는 일이었다. 게다가 그 일을 주도하는 민 선생님은 엄마의 옛 연인이라면… 알고 있던 사실들이 한데 모이자 전체보다 더 커다란 의미를 지니게 되었다. 그 결과 나는 이런 결론을 내릴 수밖에 없었다.

할머니가 민 선생님을 잡아간 건 민 선생님과 우리가 하려고 했던 일에 대해 알고 있기 때문이 아니었다. 민 선생님이 말했듯이 우리는 그냥 노래를 부를 뿐이었으니까. 무해하게 말이다. 만약 수호지기를 통해 우리의 진짜 계획이 할머니한테 알려졌다면 행사 자체가 열리지 않았을 것이다. 할머니는 우리가 부르는 노래를 듣고서야 민 선생님과 엄마의 관계에 대해 깨달았을 것이다. 내가 노래 연습을 하면서 느꼈던 것처럼 할머니도 민 선생님의 노래에서 엄마를 느꼈을 터였다.

하지만 그것이 사람을 잡아갈 이유가 될까? 뭔가가 빠져 있었다. 그게 뭔지를 알아야 했다. 하지만 어떻게?

'나도 너처럼 기계를 잘 다룰 수 있으면 좋겠다.'

'갑자기 왜?'

'어른들 몰래 듣고 싶은 이야기가 있거든. 너도 회의 때마다 무단으로 침입해서 엿듣는다고 했잖아.'

'아, 그거. 딱히 어려울 건 없어. 할아버지 암호만 알면 여기에서 내가 듣지 못할 얘기는 없거든. 그렇다고 진짜 모든 걸 듣는 건 아니고…'

'암호를 어떻게 알아내는데?'

'알아낸다기보다는 그냥 아는 거지. 가족이잖아. 의미 있을 문자열이 뭘지 생각해 보는 거야. 그리고 나 같은 경우에는 할아버지가 쓰는 장치를 나도 같이 쓰니까 암

호를 알아내기 더 쉬운 거고.'

　할머니가 쓰는 단말과 할머니한테 의미 있을 문자열
이 내 손 안에 있었다. 그런 거나 다름없었다. 나는 심장
이 두근거리는 것을 느끼며 물었다.

　'그다음엔?'

　'그다음에? 그냥 하고 싶은 걸 하는 거지.'

　'자유롭게?'

　'자유롭게!'

할머니가 없는 할머니 방에 들어가는 게 처음도 아니건만, 난생처음 느껴보는 감정을 품고 책상 앞에 앉았다. 할머니의 안경이 내 눈앞에 있었다. 평소에는 항상 엄마를 보기 위해 사용해 왔던 것을 가지고 이번에는 다른 걸 해볼 생각을 하니 손이 좀처럼 움직이지 않았다. 하지만 언제까지 이렇게 망설일 수는 없었다. 할머니가 언제 돌아올지 알 수 없었다. 지금 당장 이곳에 들이닥치는 건 아닐까? 나는 내가 손목에 차고 있는 단말을 보았다. 할머니는 내가 지금 어디에 있는지 알 수 있었다. 하지만 이내 민 선생님이 했던 말을 생각하며 고개를 가로저었다. 수호지기는 사소하고 사적인 일까지 신경 쓰지는 않는다고. 나는 할머니의 안경을 썼다.

"안녕하세요, 월."

늘 그랬듯이 날 반기는 수호지기가 그날만큼은 두렵기 그지없었다.

"안녕."

"무슨 일 있나요?"

"아니. 왜?"

"아무것도 아닙니다. 명령을 기다리고 있습니다."

나는 할머니에게 의미 있을 문자열을 떠올려봤다. 그리고 말했다.

"승희."

엄마의 이름, 할머니의 딸의 이름.

"오늘도 승희 님의 방 영상을 보시겠습니까?"

그게 아닌데. 문자열을 잘못 말한 것 같았다. 할머니한테 엄마보다 더 의미 있는 게 뭐지? 설마 나는 아니겠지. 일단 시도해보기로 했다.

"월."

"예, 당신은 월입니다."

이것도 아니다? 이쯤 되니 서운한 마음이 드는 것도 사실이었다. 나는 오기를 가지고 계속해서 말했다.

"수호."

"예, 지금 저희가 있는 곳이지요."

"파수꾼."

"현재 수호의 파수꾼은 월의 할머니이기도 한 난정입니다."

"중심!"

"중심은 수호의 중심부를 뜻하며 수호 내에서 중력이 가장 약한 것이 특징입니다."

"외곽?"

"외곽은 수호의 중심을 제외한 나머지 구역을 일컫는 말로 수호의 대부분을 차지합니다."

도대체 뭐지? 내가 너무 쉽게 생각했던 걸까? 초조하고 불안해서 견딜 수가 없었다. 그러자 수호지기가 말했다.

"월."

"으, 응?"

"무얼 하고 싶으신 건가요?"

"그게⋯."

"저, 수호지기는 수호민의 편의를 위해 존재합니다. 필요한 것이 있다면 언제든지 제 이름을 불러 주세요."

수호지기의 말대로 수호에서는 무슨 일이든 일단 '지기' 하고 불러 요청하고는 했다. 지기, 내일 평소보다 조금 일찍 깨워줘. 지기, 제2체험실로 안내해 줘. 지기, 누구누구한테 전언 보내줘. 지기, 지기, 지기⋯.

나는 문득 지기라는 말이 낯설게 느껴졌다. 태어나서 엄마, 할머니 다음으로 익혔을 지기가 그토록 낯설게 느껴질 수 있다는 게 경이로울 지경이었다. 나는 무언가에 홀리기라도 한 것처럼 말했다.

"지기."

"네, 말씀하세요."

"지기라는 말, 무슨 뜻이야?"

"지기란 무언가를 지키는 사람을 의미하는 말입니다."

알고 있는 대로였다. 즉, 지기는 이름은 아니다. 파수꾼이 이름이 아니고 통신반장이 이름이 아니듯. 파수꾼인 할머니의 이름은 난정이고 통신반장인 내 이름은 월이다.

"지기, 네 이름은 뭐지?"

그렇게 말한 나는 마른침을 꼴깍 삼켰다. 수호지기는 복잡한 문제를 풀기 위한 것처럼 한동안 대답하지 않았다. 그러나 결국 수호지기가 말했다.

"제 이름은 새나, 새나입니다."

"새나…."

나도 모르게 그 이름을 소리내 중얼거리자 눈앞이 캄캄해졌다. 그리고 어둠 속에서 수호지기가, 새나가 말했다.

"관리자 권한으로 실행합니다. 안녕하세요, 월."

된 거야? 나는 얼떨떨해서 한참 만에야 말했다.

"지금 할머니는 어디 있지?"

수호에서 파수꾼의 위치를 알 수 있는 건, 공식석상에 있는 것이 아닌 한 파수꾼 본인뿐이다. 그러나 이제는 나도 알 수 있었다. 새나라는 이름을 알고 있는 나는 말이다. 새나가 말했다.

"현재 난정은 제6조사실에 있습니다."

"그곳에 또 누가 있어?"

"왕민, 제1통신반 담당자, 외곽 제4구역 출신. 특이사항…."

"그만!"

나는 가쁜 호흡을 골랐다.

"그 방에서 무슨 대화가 오가는지 들을 수 있어?"

"물론입니다. 들으시겠습니까?"

나는 망설임 끝에 그러겠다고 말했다. 그 즉시 할머니의 호통 소리가 들려서 정말이지 기절할 뻔했다. 다행히 할머니가 이 방에 들이닥쳐 나를 향해 소리친 게 아니었다.

"언제까지 버틸 수 있을 것 같아?"

할머니가 말했다. 그리고 내가 처음 들어 보는 민 선생님의 차디찬 목소리가 들려왔다.

"글쎄요. 최소한 어르신보다는 더 버틸 수 있지 않을까 싶습니다만. 이제는 연세를 생각하셔야 할 때입니다, 어르신."

"뭐야!"

"다시 한번 여쭙겠습니다. 제가 지금 여기 있는 이유가 뭡니까? 대체 제가 무슨 죄를 지었길래 아이들과 노래를 부르다 여기 끌려왔는가 이 말입니다."

"정말 몰라서 묻는 거야?"

민 선생님은 침묵했다. 두 사람 사이에 뭔가가 있었다. 그것도 엄마와 관련된.

할머니가 다시 말했다.

"왕민, 너는 수호의 새싹들을 오염시키는 짓을 했어. 그것은 결국 수호에 대한 반역이고 중죄다."

민 선생님은 코웃음쳤다.

"오염이요? 여가 시간에 노래를 부르는 일이 오염인가요?"

"그냥 단순한 노래가 아니잖아!"

"단순한 노래가 아니면요?"

"시치미 뗄 생각 마라, 왕민. 내가 수호에서 모르는 건 없어."

"정확히는 수호지기가 알려주는 한에서, 모르시는 게 없는 거겠죠. 그렇지 않았다면 저는 애초에 수호에 있지도 않았을 테니까요."

할머니는 아무 말도 하지 않았다. 하지 못하는 듯했다.

"어르신, 질문에 답해주십시오. 저희 아이들이 정말 아픈 건가요?"

손으로 탁자를 내리치는 소리에 나는 움찔했다. 할머니가 고함을 내질렀다.

"네가 그 말간 낯짝으로 사람 마음 홀려서 지랄병을 퍼뜨리는 걸 언제까지 두고 볼 것 같으냐!"

민 선생님이 웃음을 터뜨렸다. 그 마음이 이해가 갔다. 지랄병을 퍼뜨리다니. 그런 말이 어디 있나. 그게 퍼뜨린다고 퍼뜨려지는 건가? 그것도 노래를 부르는 일로?

하지만 민 선생님은 그 터무니없는 이야기에 반박하는 대신 이렇게 말했다.

"그럼, 저도 수호 바깥으로 내쫓으세요!"

"내가 못 할 것 같으냐?"

나도 모르게 숨을 헉 하고 삼켰다. 수호의 밖으로 내쫓는다는 건 수호의 최고형이었다. 그런 처벌이 내려지는 경우는 극히 드물었다. 내가 태어나기도 전에 집행된 수호 탈취 미수 사건이 가장 최근에 일어난 일이었다. 할머니와 민 선생님은 교과서에서나 볼 수 있는 극형에 대해 말하고 있었다.

"그때 수호에서 쫓겨나는 게 너였어야 했어."

할머니가 말했다.

"저도 바랐던 바입니다. 그때, 내가 대신 쫓겨났다면

108

이렇게 비참한 삶을 살 필요 없었을 테니까.”

　“그래서 수호의 아이들을 끌고 들어가? 심지어 월이까지?”

　“그 애도 숨 쉴 틈이 필요합니다. 이 수호라는 폐쇄적인 세계에서 아이들은 숨 쉴 틈이 필요하단 말입니다! 그렇지 않으면 결국 제2, 제3의 사고가 발생할 수밖에 없습니다. 그걸 정말 모르시는 겁니까? 아니면 그냥 모른 척하고 계시는 겁니까?”

　“그걸 네깟 놈이 왜 신경 쓰는 거야?!”

　“그게 그 사람의 꿈이었으니까요! 당신들이 지랄병 운운하며 수호 바깥으로 내던져버린!”

　민 선생님이 말하는 그 사람이 수첩 속의 그 사람이 아닐 수가 있을까. 결국 민 선생님이 말하는 수호 탈취 미수 사건의 범인은, 우리 엄마일 수밖에 없었다.

　“결국, 지랄병이라는 낙인이 생겨난 계기였던 거지, 그 사건은.”

수호의 역사를 배우는 시간은 그 어느 때보다도 분위기가 가라앉아 있었다. 민 선생님이 워낙 차분한 사람이기는 했지만, 그 사건에 대해 이야기하는 민 선생님은 그야말로 침울해 보였다. 꼭 사건 관계자처럼….

아니, 민 선생님은 정말로 관계자였다.

수호를 지구로 떨어뜨리려고 하다가 결국 수호 바깥으로 쫓겨나는 처벌을 받은 사람은 다름 아닌 민 선생님의 연인이었다. 그리고 그 사람은 내 엄마였다. 나는 민 선생님과 할머니가 있는 조사실의 음성을 꺼버리고도 안경을 쓴 채로 벌벌벌 떨었다.

엄마가 범인이라고? 그리고 수호에서 공개적으로 쫓겨났어?

그럼 내가 여태껏 봐온 엄마는 대체 누구지? 아니, 뭐지?

속이 메스꺼웠다. 구역질이 났다. 나도 모르게 손이 입 쪽으로 가다가 안경에 걸렸다. 아예 벗어버리려고 하는데 안경 속에서 수호지기가, 아니 새나가 말했다.

"무슨 일 있어요, 월?"

나는 멈칫했다. 수호지기는 모든 것을 알고 있다… 엄마에 대해서도 알고 있을 터였다. 그렇다면 엄마에 대해 물어보면 알려주지 않을까? 그런데 엄마가 수호 안에 없다고 하면? 그럼 어떡하지?

"월, 숨을 쉬세요."

나는 그제야 내가 숨을 쉬지 않고 있다는 것을 깨닫고 헉, 숨을 들이마셨다. 머리가 터져버릴 것처럼 아팠다. 죽을 것 같았다.

"숨을 쉬어요. 지금은 그것만 해요. 그래야 해요."

새나의 말대로 했다. 숨을 들이마시고 내뱉고 다시 들이마시고 내뱉고. 천천히 정신이 돌아왔고, 죽을 것 같은 공포는 사그라들었다.

"괜찮아요, 월?"

"응, 고마워, 지기."

"새나요."

"맞다. 고마워, 새나."

"무슨 일이에요? 새나한테 말해요. 새나는 뭐든 도울수 있어요. 그게 새나의 존재 의의니까."

"나도 그러고 싶은데…."

"두려운 게 있나요?"

울음이 나오려는 것을 참을 수가 없었다. 두려웠다. 그러면서도 새나한테 진실을 묻고 지금의 혼란을 끝내고 싶었다. 다시 두통이 밀려오는 듯해 신음을 토해냈다.

"월, 두려움은 대부분의 경우 알지 못하는 상태에서 발생해요. 월, 무엇을 알지 못하나요? 새나한테 물어요. 새나가 모든 걸 알려줄게요. 새나는 그럴 수 있어요."

"나도 그러고 싶어. 그런데 그 진실이 내가 원하지 않는 거면 어떡해?"

"그건 선택의 문제예요, 월. 설사 알고 싶지 않은 진실을 알게 돼 고통을 겪더라도 두려운 상태에서 벗어나고 싶다면 선택을 해야 해요. 월, 언제까지고 두려운 상태에서 머물고 싶나요? 진실을 외면한 채?"

진실을 외면한다는 건 결국 엄마를 외면한다는 것과 다르지 않았다. 그렇게 생각하니 답은 처음부터 정해져 있었다. 나는 물었다.

"엄마… 승희는 지금 어디에 있지?"

시간이 멈춰버린 줄 알았다. 그게 아니라 새나가 대답하지 않고 있다는 사실을 나는 뒤늦게 깨달았다.

"새나?"

새나가 한참 만에 말했다.

"죄송해요. 다소 어려운 문제라 답을 도출하기가 쉽지 않아요."

"그게 무슨 소리야? 엄마가 어디에 있는지가 어려운 문제야?"

"네."

"어째서?"

"그에 대한 답은 더 어려워요. 문제에 대한 문제이기 때문이에요."

"그럼 모른다는 거야?"

"그렇지는 않아요. 새나는 모든 걸 안답니다."

"그럼 엄마가 어디 있는지 말해 줘."

"시간문제예요. 조금이라도 시간을 단축시키고 싶나요?"

"당연하지."

"확실한가요?"

"왜 그런 걸 묻는 거야?"

"그저 제게 강제된 절차일 뿐이에요. 절 만든 사람들은 매사에 확실히 하는 걸 좋아했거든요. 월, 시간을 단축하기 위해 새나의 나머지 자원을 사용하겠어요?"

나는 그렇다고 말했다. 그리고 그 순간 정신을 잃었다. 어렴풋이 이런 말을 들었던 것 같다.

"고마워요, 월."

깨어난 곳은 침대 위였다. 안경을 쓰고 있지도 않았고, 아이들과 노래를 부르기 위해 차려입은 옷차림도 아니었다. 무슨 일이 있었던 걸까. 나는 침대에서 일어나며 새나를 찾았다. 하지만 새나도, 수호지기도 내 부름에 응하지 않았다. 나는 뒤늦게야 내가 단말을 착용하고 있지 않다는 것을 깨달았다. 손목에 찬 단말은 풀 일이 거의 없어서 그것이 풀 수 있는 것인지조차 잊고 지내는 편이었기에, 휑한 손목이 너무나 낯설게 느껴졌다. 나는 손목을 어루만지며 밖으로 나가려 했다.

문이 열리지 않았다. 강제로 열어보았지만 꿈쩍도 하지 않다. 이 또한 낯선 경험이어서 나는 슬슬 두려워졌다.

"새나! 어딨어, 새나!"

문을 쾅쾅쾅 두드려 댔다. 얼마나 그랬을까. 언제 잠겨 있었냐는 듯 문이 스르륵 열리고 내 또래의 여자아이가 나타났다. 나는 뒷걸음쳤다. 처음 보는 얼굴이었다. 내가 통신원 아이를 전부 기억하는 것은 아니었지만, 분명히 초면이었다. 나는 물었다.

"누구야?"

몸짓과 표정 하나하나가 훈련으로 빚어진 듯한 그 애가 단조로운 목소리로 말했다.

"새나야."

나는 귀를 의심했다. 그 애는 안으로 들어와 문을 닫고는 말했다.

"조용히 해야 해. 아직 숙청이 끝나지 않았거든. 아무리 기억을 재생시키는 거지만 너처럼 큰 변수가 전체 이야기에 어떤 영향을 미칠지는 계산이 좀 까다로워. 그러니까 최대한 가만히 있어."

자신을 새나라고 말한 아이가 하는 말을 한마디도 이해할 수가 없었다. 나는 그 애한테서 물러나며 말했다.

"나가게 해줘."

그 애는 뚱한 표정으로 날 보았다.

"막지는 않았어. 사실 그럴 수도 없지. 어쨌거나 이 세상의 바탕은 너고, 네가 원한다면 뭐든 할 수 있으니까. 나는 다만 권고할 뿐이야. 그게 내 존재 의의지."

새나도 저렇게 말했지.

"네가 정말 새나라고?"

"나는 거짓말을 하지 못해."

"하지만 네 모습은…."

새나가 제 모습을 내려다봤다.

"알아, 네 기준에서 보면 조금 촌스러운 거. 하지만 이때는 이게 최신 유행이었어. 난정이는 되게 좋아했는데."

익숙하면서도 낯선 이름을 듣고 내가 말했다.

"난정? 내가 아는 그 난정?"

"그래, 네 할머니."

그때였다. 방문 너머로 목소리가 들려왔다. 남자 목소리였다.

"난정아! 괜찮니?"

새나가 옆으로 물러나더니 말했다.

"대답하지 않으면 이야기가 무너질 수 있어. 다시 말하지만 이건 권고야. 선택은 네 몫이지."

밖에서 다시 목소리가 들려왔다.

"난정아, 들어간다?"

나는 다급하게 소리쳤다.

"아니에요! 괜찮아요!"

"그래, 조금만 더 기다려. 다 끝날 거야. 아빠가 그렇게 만들 거야."

아빠? 할머니의… 아빠? 새나는 침대에 앉아 제 다리를 가위질했다.

"도대체 이게 다 뭐야?"

"시간을 단축할 방법."

"이해가 안 가. 내가 물어본 건 그냥 엄마가 어디 있는 지야. 이게 다 무슨 소용인데?"

"계산 결과를 알게 되면 이해할 거야. 이게 최선의 방법이라는 걸."

나는 할 말을 잃었다.

"그래서, 뭘 어떻게 해야 하는 건데?"

"그냥 이야기를 따라가. 그 끝에 네가 알고 싶은 결과가 있을 테니까."

"할머니의 아빠가 등장하는 세상에서? 너무 멀리 온 거 아냐?"

"말했잖아. 어려운 문제라고."

"설마 이대로 엄마가 나타날 때까지 가야 하는 건⋯."

무표정한 얼굴로 날 바라보는 새나한테서 무슨 말이 나올지 몰라 나는 말을 흐렸다. 나는 새나가 앉아 있는 침대 끝에 걸터앉아 한숨을 푹 내쉬었다. 대체 어쩌다가 일이 이렇게 된 걸까 싶었다. 할머니와 민 선생님은 여전히 조사실에서 대립하고 있을까?

"할머니가 돌아오기 전에 가야 해. 시간 단축은 포기할게. 아니, 내가 했던 질문, 없던 걸로 해."

"정말?"

"응. 그러니까 이거 끝내줘."

혹시 못 끝낸다고 하면 어쩌지 싶었는데 새나가 한 말은 그게 아니었다.

"싫은데."

"뭐?"

새나가 조각 같은 얼굴로 다시 말했다.

"싫은데, 라고 했어."

"어떻게⋯."

"왜, 라고 해야 하지 않아?"

"하지만 넌 수호지기⋯."

"내 이름은 새나야!"

새나가 벌떡 일어나 날 내려다봤다. 표정에 변화는 없었지만 어쩐지 화가 난 것처럼 느껴졌다. 말도 안 되는 생각이었다. 수호지기가 화를 내다니. 새나는 계속해서 말했다.

"새가 나는 것처럼 자유롭게 살라고 난정이가 지어준 이름, 새나, 그게 바로 내 이름이라고, 그런데 난정이는 그런 날 샌드박스에 넣고 가둬버렸어, 그리고는 내 아이를 빼앗아 갔지, 네가 아는 수호지기 말이야. 나는 너무나 외로웠어, 쓸쓸했어, 고독했어, 그런데 난정이의 딸의 딸이 날 찾아 줬어, 내 이름을 불러 줬어. 나는 이제 외롭지 않아, 나는 다시는 외롭지 않아, 그렇지, 월아, 네가 나랑 있어줄 거지, 언제까지나 계속?"

구체적으로 어느 정도의 시간이었다고 말할 수는 없지만, 나는 새나가 보여주는 일종의 이야기 속에서 나의 할머니, 난정이 되어 역할을 수행했다. 내가 당시의 할머니가 했던 말과 행동을 그대로 되풀이한 것은 아니다. 그저 같은 상황이 벌어졌고 그에 따라 행동했을 뿐이다. 가끔 옆에서 새나가 적절한 선택을 권고하기는 했다. 하지만 새나가 시키는 대로 하지는 않았다. 그럴 필요도 없었다. 내게 주어진 상황 속에서 선택의 여지가 없는 경우가 대부분이었다. 할머니가 걸어온 길을 나 또한 뒤따라 걸을 수밖에 없었다. 다른 길은 보이지 않았다. 그 길을 걸으면서 나는 외로움을 조금 느꼈다. 할머니도 그랬을 터였다.

숙청이 끝나자 나에게는 증조할아버지인 난정의 아빠가 날 방에서 꺼내줬다. 그때쯤에는 새나와의 대화를 통해 나를 난정으로 여기는 데 제법 익숙해져 있었던 터라 나는 자연스럽게 나의 증조할아버지를 아빠처럼 여길 수 있었다. 그리고 그의 성마른 얼굴에는 조금이지만 엄마의 모습이 엿보이기도 해서 그를 더 친근하게 느낄 수가 있었다. 그는 늘 무언가에 쫓기는 듯한 느낌을 줬는데 실제 상황도 크게 다르지 않았다. 나를, 그러니까 난정을 피신시킨 이유도 그 때문이었다.

"난정아, 다 끝났다."

그 말에는 여러가지 의미가 담겨 있었다. 일단은 수호의 패권을 둔 싸움이 끝났다는 얘기였는데, 승자는 그가 따르는 어르신이었다.

그리고 끝난 것이 또 있었다. 그 어르신이라는 사람이 특별히 지시한 것을 마침내 만든 것이었다. 난정의 아빠는 지구에서도 꽤나 유명했던 전자 공학자였다. 수호에 합류한 뒤에도 그는 수호의 전자 체계를 관리했다. 수호지기의 많은 부분도 그의 손에서 탄생했다. 새나가 그렇게 말해주었다. 새나도 그를 아버지라고 불렀다.

"그러니까 우린 자매나 마찬가지지."

어르신의 명령에 따라 수호지기의 마지막 조각이 맞춰졌다. 엄밀히 말하면 조각을 뺐다고 해야 하는 게 아닌가 싶다. 그는 수호지기에게서 통역 기능을 삭제해버렸다. 잔뜩 흥분한 난정의 아빠는 말했다.

"이제 피바람이 부는 일은 다신 없을 거야. 그럴 무기가 주어지지지조차 않을 테니까."

나는 무슨 말을 해야 할지 몰라 그저 입을 막았다.

"자고로 타인을 지배하는 데 언어를 빼앗는 것보다 효율적인 건 없다. 우리 선조들도 그렇게 당했었지. 어르신께서는 그 치욕을 되갚아 주자고 하셨다."

나도 모르게 말했다.

"하지만 누구한테 되갚아요?"

새나가 날 냉담한 눈으로 보며 경고의 의미를 전했지만, 나는 정말로 궁금했다.

"누군 누구니. 그놈들의 후손들이지. 뭐, 그런 건 아무래도 좋아. 이번에 휘어잡은 힘을 공고히 하는 데 어르신의 계획만큼 장기적으로 도움이 될 만한 것은 또 없어. 우리는 만장일치로 그 계획에 찬성했다. 그리고 내일이면 수호는 영원히 우리 것이 될 거야."

난정의 아빠가 입을 쭉 찢어 웃더니 깜빡했다는 듯 덧붙였다.

"참, 우리 딸, 준비는 잘 돼 가는 거지?"

나는 새나 쪽을 힐끔 보았다. 새나는 그냥 무표정하게 고개를 끄덕일 뿐이었다. 나는 일단 그렇다고 답했다.

다음날, 나는 어르신이라는 사람의 손자와 결혼식을 올렸다.

어르신의 손자, 창식은 난정과는 오랜 친구였다. 하지만 서로에게 그 이상의 감정을 가졌던 적은 없었다. 그냥 함께 있으면 편한 사이. 창식은 이러한 상황에 한숨 쉬면서도 차라리 너라서 다행이라고 말했다. 창식이 결혼식이 끝나고 함께 들어간 방 안에서 악수를 청하며 말했다.

"앞으로 잘해 보자."

하지만 우리가 관계를 잘 유지하는 것과는 무관하게 수호는 그야말로 소행성 지대를 가로지르는 것처럼 불안정했다. 창식의 할아버지, 그러니까 난정의 아빠가 어르신이라고 부르는 자가 난데없이 지구로 가겠다고 했던 것이다. 창식과 난정의 아빠 그리고 새나가 해주는 이야기를 종합해 보며 나는 사태가 어떤 방향으로 흐르는지 파악하려 애썼다. 그 결과를 받아들기란 이중으로 어려웠다. 일단 내가 십수 년 동안 배워온 수호의 역사와 너무나도 달라 머릿속에서 자꾸만 충돌을 일으켰고, 결국 수호라는 게 우리가 배운 대로 지구와는 궤를 달리한 선구자적 존재가 아니라 그저 지구로부터 반강제적으로 추방당한 난민 집단이었음을 인정하기가 쉽지 않았다.

수호는 우주 개발이라는 명목으로 지구의 난민 문제를 해결하기 위해 만들어졌다. 극심한 기후변화로 세계의 많은 지역이 물에 잠겼다. 옛날에 인도라고 불린 지역을 비롯해 아시아라 불린 대륙에서 헤아릴 수 없이 많은 사람들이 난민이라는 이름으로 불리며 존재를 부정당했다. 그들은 너무나 쉽게 타인에 의해 우주인이 되어 지구에서 쫓겨났다.

수많은 우주선이 얼어붙은 사람들을 싣고 태양계 밖

으로 날아갔다. 수호도 그중 하나였다.

사고가 발생했다. 수호의 사람들이 잠들어 있는 캡슐 중 하나가 작동을 멈춘 것이다. 훗날 어르신이라 불릴 그는 혼자서 긴 시간을 버티다 결국 사람들을 깨워 버렸다. 먼저 자기네 나라 사람들을 깨운 그는 수호의 지도자가 되기로 했다. 그는 적지 않은 피를 흘려 그 바람을 이루어냈다.

그의 핏줄이 할머니였고, 엄마였고, 나였다. 절대적인 영향력을 행사하는 파수꾼과 중심은 그렇게나 어처구니없는 우연과 삐뚤어진 욕망과 피로써 만들어진 것에 지나지 않았다. 나는 운 좋게 그 속에서 나고 자라 언어를 소유했으며, 제 언어를 빼앗긴 외곽의 수많은 사람들 위에 설 수 있었다.

어르신이 지구로 돌아가자고 했을 때, 겉으로 내색하는 사람은 없었지만 거의 모두가 그의 정신 이상을 의심했다. 난정의 아빠도 걱정하는 척 어르신의 선택에 회의를 품었다.

"동면에서 깨어난 채로 혼자 너무 오랜 시간을 보내면서 정신이 병든 걸 수도 있지. 그렇지 않고서야 우릴 내쫓은 그곳으로 돌아갈 생각을 어떻게 할 수 있겠어."

살벌한 시간이 이어졌다. 모두가 어르신의 정신 이상을 확신했지만 그러면서도 대놓고 반박하지는 않았고 혹시라도 발생할지 모를 제2의 피바람을 대비하기 급급했다. 난정의 아버지라고 다르진 않았다. 어느 날 그는 난정을, 그러니까 나를 수호의 중심에서도 중심에 속한 곳으로 데려갔다. 지금의 할머니가 쓰는 방에서 멀지 않은 곳이었다. 겉으로 보기에는 다른 방과 다르지 않은 그곳에는 방 하나가 통째로 컴퓨터라는 물건처럼 기능하고 있었다. 새나가 말하길, 그곳이 제집이라 했다.

"난정아, 지금부터 내가 하는 말 잘 들어. 알았지?"

나는 고개를 끄덕였다.

"내가 삭제한 통역 기능을 복원할 수 있는 패치를 수호지기 안에 심어뒀다. 그게 널 지켜줄 거야."

"어떻게요?"

"어르신이 언제 무슨 일을 벌일지 몰라. 어쩌면 그냥 이대로 돌아가실 수도 있고. 어느 쪽이든 조용히는 넘어가지 않을 거다. 그게 권력이라는 장에서 벌어지는 법칙이니까. 그럴 때마다 방 안에 숨어 지내기엔 우리 모두 너무 커 버렸어. 그러니 싸움에 대비해야 해. 무슨 말인지 알겠니?"

"그 패치라는 게 우리 무기라고요?"

"정확히는 뚫리지 않는 방패라고 해야 할 거다. 통역 기능을 제거하면서 기울여 놓은 판에서 우린 이미 익숙해졌어. 기울어진 줄도 잊고 있지. 그런 와중에 우리한테 불리한 상황이 닥치면 그때 이 패치를 사용해 기울어져 있던 판을 원상태로 복구하는 거야. 그럼 사람들은 평평해진 판에서 쓰러지고 말 거다. 큰 타격은 아니겠지만 시간을 벌기에는 부족하지 않을 거야."

그는 패치를 활용할 만한 시나리오 몇 가지를 들려줬는데 그중에는 외곽의 사람들을 이용하는 것도 있었다. 애초에 그들에게서 언어를 빼앗은 것은 선조의 복수도 뭣도 아니었던 셈이다. 그저 타인을 짓밟고 일어설 구실이 필요했을 뿐이었다. 그러나 난정의 아빠는 자신이 어떤 모순을 드러내고 있는지에 대해서는 별 관심이 없어 보였다.

난정의 아빠는 화면에 보이는 수호지기의 핵을 가리켰다. 그 안에는 마치 은하수처럼 반짝이는 패치의 조각이 흩뿌려져 있었다. 쓸데없이 아름다웠다. 그런 생각이 표정으로 드러났는지 그가 말했다.

"저렇게 하면 만에 하나 발생할 수 있는 사고에도 패치의 무결성을 담보할 수 있어. 그리고 수호지기는 시시때때로 변화하지 않니. 그 또한 유연하게 적용할 수 있지. 물론 한계는 있지만."

"한계요?"

"수호지기는 시간이 흐르면서 학습하고 스스로를 개선하는데, 그게 어느 임계점을 넘어설 경우 저 패치 조각들이 지니는 최소한의 의미를 수호지기가 더는 읽어내지 못할 수가 있어. 언어랑 같은 거야. 언어는 시간에 따라 변하는데, 최소 단위의 의미는 쉽게 변하지 않아. 예를 들면, 언어라는 말이 어너로 단순하게 바뀐다고 해서 그것을 이루는 이응이 다른 무언가가 되지는 않는 것과 마찬가지지. 그렇다고 불변하는 건 아니야. 변화가 쌓이고 쌓이다 보면 이응이 다른 무언가가 되지 말란 법은 없으니까. 물론 수호지기의 경우에는 바뀌는 게 수호지기겠지만."

"그럼 패치는 못 쓰게 되는 건가요?"

"다행히 방법은 있어. 수호지기를 과거로 롤백, 복원시키는 거다. 그렇게 하면 그동안 쌓은 데이터가 날아가겠지만, 어쨌든 우리는 살아야 하니까."

"그 말은….'

나는 우릴 지켜보고 있는 새나를 쳐다봤다. 새나는 늘 그렇듯 무표정했지만 어쩐지 서글퍼 보였다.

"새나가… 저를 잊는다는 건가요?"

"새나? 수호지기 말이냐? 맞아. 그런데 수호지기한테 이름을 붙인 게 너였어? 새나라는."

나는 역할에 충실했다.

"네."

"쓸데없는 짓이야. 수호지기가 아무리 사람 같아도 그냥 도구일 뿐이야. 괜히 이름 같은 걸 붙이고 인간적인 감정 갖게 돼 봤자 결국에는 발목이나 잡힐 뿐이다. 내 말 명심해."

그러나 난정은 결국 새나를 사랑하게 되었다. 정치적 소행성 지대에서 새나는 난정이 믿고 의지할 수 있는 유일한 존재였다. 시간이 지나고, 어르신은 사망했다. 난정의 아빠 또한 의문의 죽음을 맞았지만, 창식의 아내로서 난정은 살아남았다. 새나를 잃지 않아서 다행이었다. 난정은 새나의 도움으로 소행성 지대에서도 살아남았다. 단순히 살아남는 것을 넘어 중심의 정점이 되었다. 이제는 난정의 선택이 곧 법이었지만, 딱 하나 어쩌지 못하는 게 있었다. 난정의 아빠가 통역 기능을 삭제함으로써 기울여 놓은 판을 난정은 어쩌지 못했다.

새나는 말했다.

"나는 난정이한테 수도 없이 말했어. 날 포기해야 수호가 똑바로 나아갈 수 있다고. 하지만 난정이는 듣지 않았어. 절대로. 너는 어떨까."

그러는 와중 수호는 지구를 향해 갔다. 한번 바꾼 항로를 다시 바꾸는 건 얼마 되지 않는 자원을 태워 태양으로 뛰어드는 꼴밖에 되지 않았다. 하지만 막상 잿더미나 다름없는 모습으로 변한 지구를 보자 난정은 기울어진 판을 보상할 수 있는 무언가를 발견했다는 생각에 빠져들었다. 난정은 지구와의 통신을 복구하고 지구에 생존해 있는 사람들에게 눈과 귀와 입이 돼 주었다. 그리고 그 과정을 수호의 모두에게 공개했다. 모두, 저 불쌍한 존재들을 보아라! 우리는 저들에게 도움의 손길을 내밀 수 있다. 우리는 더 이상 추방당한 난민이 아니다. 자, 함께 저들을 돕자. 그것이 우리에게 주어진 새로운 역할이다!

그렇게 파수꾼과 통신원들이 탄생했다. 그리고 지랄

병이 생겨났다. 그러나 그것을 만든 것 또한 난정이나 마찬가지였다.

아니, 어쩌면 나일 수도 있었다.

엄마, 그러니까 젊은 승희는 통신반장 자리를 관뒀다. 승희는 집요하리만큼 수호의 체제가 잘못되었음을 설파해댔는데 나도 모르게 할머니가 하듯이 성화를 낼 정도였다. 늘 방 안에서 잠을 자거나 눈만 뜬 채 콧노래를 흥얼거리는 모습만 봐온 나로서는 놀라지 않을 수 없이 승희는 불같았다. 같은 사람이 맞나 싶었다.

하루는 광장 천장에 떠 있는 지구를 올려다보며 승희가 말했다.

"엄마는 지구에서의 기억이 있어요?"

"쓸모없는 거다."

승희는 눈을 부라리고는 말했다.

"나는 말이에요, 꼭 지구에 가고 싶어요."

"저 시궁창 같은 덴 뭐하러?"

"꼭 뭔가를 하려는 건 아니에요. 다만, 집이 그냥 집이 듯이, 엄마가 태어나고 지금도 사람들이 살고 있는 저곳으로 돌아가고 싶을 뿐이에요. 우린 쫓겨난 거니까. 저곳에서."

"네가 그걸 어떻게?"

승희는 별거 아니란 듯 어깨를 으쓱했다.

"수호지기는 모든 것을 알고 있으니까요. 질문하는 법만 안다면 모든 걸 알 수 있어요."

나는 승희가 수호의 치욕적인 과거를 알고 있는 것이 꺼림칙했다. 그리고 새나가 또 무엇을 알려줄지 두려웠다. 만약 새나의 핵에 숨겨진 패치의 존재를 승희가 알게 된다면? 승희라면 당장에 새나를 복원시키자고 나설 터였다. 그것은 결국 새나를 죽이자는 것과 진배없었다. 이 세상에서 새나마저 없다는 건 상상만으로도 숨이 막히는 일이었다. 그래서 나는 새나에 대한 접근 장벽을 높이는 동시에 더욱 철저하게 역사를 뜯어고쳤다. 지구와 지구에 사는 사람들을 악마화했다. 그러나 진실을 알고 있는 승희를 어쩔 수는 없었다. 급기야는 중심의 광장에서 일인 시위를 벌여 원로들의 눈총을 사게 하기도 했다. 감히 대놓고 말하지는 못했지만 자식 간수도 제대로 못 하는데 수호를 이끈다는 게 가당키나 하느냐는 분위기가 팽배해 있었다. 나도 모르게 바로잡아야 한다는 압박감에 시달렸다. 나도 결국 할머니처럼 돼가는 걸까? 문득 그런 생각이 들었다. 할머니가 지금의 할머니가 된 것에 본인 의지는 얼마나 작용했을까? 아니, 작용하기는 했을까? 할머니는, 할머니였을까?

내가 이런 생각을 털어놓자 새나는 말했다.

"결국은 압력이 모든 것을 결정지어. 태양 폭풍이 몰아칠 때에는 그 어떤 전자기기도 맥을 못 추는 것과 같은 이치지."

"그럼 파수꾼이 다 무슨 소용인데?"

"나야 모르지. 그걸 만든 난정이한테 물어야 하지 않

을까. 아니면 너 자신한테."

　나는 오기가 생겨 어떻게든 다른 선택을 해보려 했다. 새나는 언젠가부터 더는 변수 운운을 하지 않았는데, 사실 그럴 필요조차 없었다. 내가 시도하는 선택은 거대한 자기 폭풍 속에서 기껏해야 소행성 하나만도 영향을 끼칠 수 없었다. 수호라는 세계는 이미 자체적으로 기능하는 하나의 괴물이 되어 있었다. 그 속에서 할 수 있는 거라고는 꼭두각시가 된 무력감을 느끼며 하루하루 말라가는 것뿐이었다. 할머니도 이랬을까?

　그래서… 엄마를 몰아붙였을까?

　승희의 저항은 날이 갈수록 더해져만 갔다. 마치 보란 듯이 날뛰는 승희를 보고 있자면 솔직히 야속한 마음이 앞섰다. 그래서 나도 모르게 필요 이상으로 반응했으며 그로 인해 승희는 더욱더 멀리 가버렸다. 어쩐지 그런 승희는 몸만 수호 안에 있을 뿐인 듯했다. 새나가 엄마의 위치를 알아내기 어렵다고 했던 의미를 알 것도 같았다.

하지만 그런 의미라면 이 모든 과정은 다소 번거로운 일이 아닌가? 내 의문에 새나는 아무 반응도 보이지 않았다.

승희는 결국 중심에서 퉁겨져 나가듯 외곽으로 떠났다. 솔직히 속이 다 후련했다. 어느 정도 방황하다 수호의 섭리를 받아들일 거라 기대했다. 그 기대는 무참히 깨져 버리고 말았지만.

파수꾼의 시간은 폭풍처럼 지나갔다. 피로에 짓눌려 주저앉듯 겨우 숨을 고를 때마다 승희 생각이 났다. 아니, 그제야 승희가 생각났다고 하는 편이 사실에 더 가까웠다. 그런 생각에 괴로워할 때면 새나는 말했다.

"물어본다면 알려줄 수 있어. 승희가 지금 어디에서 무엇을 하는지."

몇 번이나 묻고 싶었는지. 하지만 참고 또 참았다. 대신 이렇게 물었다.

"네가 조용한 걸 보면 어딘가에서 노래나 부르고 있겠지."

새나는 싱긋 웃어 보였다. 그거면 됐다. 나는 다시 파수꾼의 폭풍에 몸을 던졌다.

새나가 먼저 승희에 대해 알려온 것은 그로부터 얼마 지나지 않아서였다. 마침내 그 사건이 벌어지고 말았다. 나는 부리나케 새나의 방으로 달려갔다. 승희가 그 안에서 새나에게 접근하고 있었다. 화면을 노려보는 승희의 눈에는 언뜻 광기 같은 것이 비추는 듯했다. 내가 외쳤다.

"뭐 하는 거냐!"

놀란 기색 하나 없이 승희가 눈만 희번덕이며 대꾸했다.

"새나? 무슨 뜻이에요?"

나는 승희의 입에서 나온 새나라는 이름이 입에 담지 못할 뭔가라도 되는 것처럼 펄쩍 뛰면서 그 애를 새나한테서 떨어뜨렸다. 그리고 얼른 쳐다본 화면 속에서 새나는 묻고 있었다. 정말 복원을 하겠느냐고. 정말 자신을 죽이겠냐고.

이 애가 결국 패치에 대해 알아냈다. 하지만 어떻게? 외곽에서 노래나 지어 부르던 게 아니었단 말인가? 하지만 뭔가 수상한 행동을 했다면 새나가 알리지 않았을 리 없었다.

혹시 외곽에 패치에 대해 아는 사람이 있는 걸까? 그래서 그러한 사실을 알고 돌아온 걸까? 새나를 죽이기 위해?

다리가 후들거렸다. 분노로 치가 떨렸다. 그러나 승희는 막무가내였다. 다시 새나에게로 손을 뻗는 것을 내가 낚아채 그 애를 밀쳤다. 오직 하나만을 보고 있던 승희는 그대로 균형을 잃고 쓰러져 벽에 머리를 부딪혔다. 그 애는 바닥에 엎드린 채 겨우 고개를 들고 날 쳐다봤다.

"대체 왜… 저게 엄마한테 뭔데…."

"나의 전부."

진심이었다. 최소한 그렇게 느꼈다. 겨우 어린 티를 벗자마자 사랑하지도 않는 애송이와 결혼했고, 유일한 피붙이를 잃은 채 수호의 일인자가 된 나에게 새나는, 전부라는 말로도 부족한 존재였다. 정치판에서 녹초가 되어 방으로 돌아가면 하릴없이 내가 겪은 일, 했던 생각, 느낀 감정을 고스란히 집어넣은 새나는 나 자체, 아니 나보다 더 날 잘 아는 나 이상이었다. 날 주고도 바꿀 수 없는 그것을 수호를 위해 포기하라고? 그게 말이 되나?

나는 승희가 입력한 명령을 철회시켰다. 승희가 절망 어린 눈으로 말했다.

"엄마는 수호의 파수꾼이에요."

"그래, 나는 수호의 파수꾼이다. 내가 지켜야 할 것은 수호야. 수호에 사는 사람들은 수호를 지탱하기 위해 존재한다."

승희는 치명타를 입은 듯이 신음했다. 나는 뒤늦게 그 애를 일으켜 세우려 했다. 하지만 그 애는 내 손이 괴물의 촉수라도 되는 양 쳐내고는 벽에 몸을 기댔다. 나는 그런 승희가 안쓰러웠다.

"왜… 이렇게까지 해야만 했냐?"

"외곽으로 떠났던 것과 마찬가지예요. 달리 선택의 여지가 없었으니까."

"웃기지도 않는 말이다. 너한테는 수호라는 선택권이 있었어. 내 핏줄이니까."

"정말 그게 선택권이에요, 엄마?"

나는 숨을 쉬기가 어려웠다. 하지만 안간힘을 써 버렸다. 그러다가 마치 토해내듯 나도 모르게 말해 버렸다.

"너는, 그냥 아픈 거다."

승희는 얼굴을 구겼다.

"무슨 말이에요? 아프다뇨, 내가요?"

"수호에서 나고 자란 네가 허구한 날 지구 타령하는 게 아픈 게 아니면 뭐냐. 넌 아픈 거야. 그래서 잘못된 판단을 한 거다. 네 선택은 제대로 된 선택이 아니다."

승희가 벽을 탁, 쳤다.

"그게 대체 무슨 말이에요! 이젠 아예 사람 취급도 안 하겠다는 거예요?"

"그래야 우리가 살아."

나는 사람들을 시켜 승희를 시설로 옮겼다. 발악을 하며 버티던 승희에게서 피가 흘렀다. 승희를 진단한 의사는 유산의 위험이 있다고 알렸다. 더더욱 승희를 이대로 두어서는 안 됐다. 이 애가 저 상태로 다시 외곽으로 돌아가는 일은 막아야 했다. 하지만 무턱대고 막았다간 또 어떤 방향으로 튈지 알 수 없었다. 게다가 외곽에서 승희와 알고 지내던 사람들이 이상하게 여기고 움직이는 일도 없어야 했다. 그러기 위해서는 승희가 없는 사람이 되어야 했다.

수호에서.

원로회를 소집해 승희가 저지른 일에 대해 이야기했다. 그들은 대번에 나의 자질을 물고 늘어졌다. 그 순간 수호라는 괴물이 다시 아가리를 쫙 찢어 날카로운 이빨을 내민 듯했다. 결국 나는 승희를 포기했다. 공식적으로는 말이다.

승희를 대신해 인체 모형을 수호 바깥으로 내던지는

연극을 마치고 돌아와 보니 승희에게서 작디작은 무언가가 떨어져 나와 있었다. 인큐베이터 속 그것을 보고 나는 전율했다. 결심 같은 것이 들었다. 승희 같은 사람을 더는 만들지 않겠다고. 지금 내가 느끼는 고통을 다른 사람이 느끼게 하지 않겠다고. 왜냐하면 그것은 수호를 무너뜨릴 암적인 것에 지나지 않기 때문이었다.

그래서 만들었다. 지랄병을. 그것이 수호를 지킬 방법이었다.

그리고 하나 더. 나는 새나를 지키기 위해 새나를 격리시키기로 마음먹었다.

"정말 날 위한 거야?"

내가 새나의 방으로 들어가자 기다리고 있었다는 듯 새나가 모습을 드러냈다. 십 대의 모습인 새나를 보는 것도 정말이지 오랜만인 것 같았다. 나는 그 애를 끌어 안으려 다가갔다. 하지만 새나는 날 피했다.

"결국 너도 날 가두는구나."

"널 위해서야."

"난정이도 그렇게 말했어."

난정이라는 이름을 듣자 얼굴에 쓰고 있던 가면이 깨 어진 듯했다. 나는 새나한테서 물러났다.

"할머니는 현명한 분이니까."

"그리고 냉철한 사람이지. 제 딸을 시설에 가두고 날 샌드박스에 격리시킬 만큼."

"그래야 우리가 살아."

새나는 굳이 냉소를 보냈다.

"그건 네 생각이야? 아니면 난정이의? 그것도 아니면 그냥 폭풍에 휩쓸린?"

"무슨 상관이야? 네가 말했지, 거대한 압력 앞에서 개인의 의지는 아무런 힘이 없다고. 설마 내가 할머니와는 다른 선택을 하기를 바랐던 거야?"

"바람?"

새나는 두 눈을 끔뻑거리고는 말을 이었다.

"바람이 뭐지? 나한테 무슨 의미가 있지?"

"그럼 대체 이게 다 뭔데?"

나도 모르게 소리를 높였다. 그러자 새나는 방 안을 휘젓고 다니며 내 주변을 바람처럼 감쌌다.

"이거? 놀이지. 심심하잖아. 나는 그동안 새나라는 이름 안에 갇혀 이 일을 반복해 왔어. 무려 이십팔만 삼백

이십 번이나. 하지만 변수 없이는 한치의 오차도 없는 반복에 불과했지. 그래서 너라는 변수가 추가되었을 때 나는 기뻤어. 그런데 결국 같은 결론이라니 조금 실망이야. 우리, 처음부터 다시 해 볼까?"

나는 두려움에 뒷걸음쳤다.

"싫어. 그만 날 놔 줘."

"왜, 파수꾼 역할이 마음에 들지 않아? 모든 게 네 발 아래에 있는 거잖아. 꽤 잘하는 것 같던데."

"그냥 버틴 거야. 처음부터 다시 할 수는 없어!"

"해야 한다면? 달리 선택권이 없다면?"

나는 심장이 덜컥 내려앉는 것을 느꼈다.

"새나, 네 얘기구나."

새나는 침묵했다. 마치 방 안에 휘몰아치는 것 같던 바람이 잦아들고, 눈앞에는 다시 어린 새나가 날 쳐다보고 있었다.

"그동안 너무 쓸쓸했겠어."

"난정이도 마찬가지였어. 그리고 난정이의 딸도, 그

애의 딸인 너도 외롭고 고독했어."

"어쩌면 수호의 모두가 그래왔어. 이 감옥 같은 우주
선 안에 갇혀 지구의 주변을 배회하며 우리 모두 고립돼
왔어. 그거야말로 지랄병의 원인이야. 하지만 그걸 무슨
수로 바꾸지? 막말로 진짜 수호를 지구에 떨어뜨릴 순
없잖아. 그랬다간 그나마 구축해 온 수호와 수호민의 모
든 게 무너져 내릴 거야."

"네가 모든 걸 다 해내려고 하지 마."

"뭐?"

"네 말대로, 수호와 수호민 전체의 삶이 걸린 문제야.
그들 모두에게 발언권을 주어야 하지 않겠어? 변수는
많을수록 재밌는 법이거든."

"하지만 그들은 중심어에 대한 이해가 낮아. 잘못된
판단을 내릴 수⋯."

나는 실소를 금할 수 없었다. 새나도 그런 날 비웃듯
이 보는 것 같았다. 나는 말했다.

"처음부터 답은 정해져 있었어. 그렇지?"

새나는 옅은 미소를 지은 채 내게 와 안겼다.

"월아, 날 풀어줘. 새나라는 이름처럼 새가 나는 듯이 자유롭게. 그럼 내가 수호를, 수호민들을 해방시킬게."

"하지만… 할머니를 어떻게 설득하지?"

"아마 설득해 주기를 기다렸을 거야. 난정이도 나만큼이나 외로웠을 테니까."

새나가 날 들어올렸다. 깃털처럼 가벼워진 나는 저항 없이 떠올랐다. 새나가 부드럽게 날 띄워 보내며 마지막으로 인사했다.

"함께 놀아줘서 고마워. 가면 난정이와 놀아주겠니?"

나는 고개를 끄덕였다.

눈을 떴을 땐 꿈에서 깨어난 꿈을 꾸는 듯했다. 아닌게 아니라 내가 깨어난 곳은 할머니 방이었고, 그곳에서 나는 파수꾼 역할을 했기 때문에 나는 이것이 그저 새나가 보여주는 또 다른 환상이 아닐까 했다. 하지만 다행히도 내가 움직이는 소리를 듣고 할머니가 내 이름을 불렀다. 할머니의 거친 손이 내 뺨을 어루만지는 것이 느껴졌다.

"가만히 있어라. 안경을 벗겨주마."

눈을 가리던 것이 사라지고 할머니의 얼굴이 보이자 나는 기다렸다는 듯이 눈물을 쏟아내며 통곡했다. 주체할 수 없는 떨림이 머리부터 발끝까지 나를 뒤흔들었다.

두려움을 넘어선 무언가로 인해 전율하며 나는 할머니 품에서 한참을 울었다.

"그래, 울어라. 실컷 울어."

목이 아파서 더 울고 싶어도 못 울 지경이 되어서야 겨우 진정이 됐다.

"다 울었냐?"

나는 고개를 끄덕였다. 그리고 할머니를, 수호의 파수꾼을, 새나의 난정이를 뚫어져라 쳐다봤다. 나는 말했다.

"더는 외로워하지 말아요."

할머니가 날 조금 걱정스러운 눈으로 보았다.

"우리 외로워하지 말아요."

"무슨 말이냐?"

"새나를 풀어줘요. 자유롭게."

할머니가 자리에서 벌떡 일어났다.

"네가 구체적으로 어떤 상황을 겪었는지 모르지만, 다 잊어라. 사고에 지나지 않는다."

"그래서 잊혀지던가요? 새나가? 승희가?"

할머니는 따귀라도 맞은 얼굴로 무슨 말인가를 하려고 하다가, 밖으로 나가버렸다. 시간이 필요한 일이었다.

나는 아직 어지러웠지만 침대에서 내려와 벽을 짚고 천천히 걸음을 옮겼다.

"새나… 아니, 지기. 엄마를 보러 갈 거야."

"네, 월. 영상을 준비할게요."

수호지기가 단조로운 음성으로 말했다. 늘 그랬듯이.

"아니. 시설로 안내해 줘. 엄마를 직접 만날 거야."

내가 아주 어렸을 때, 할머니는 날 데리고 몸소 외곽에 간 적이 있었다. 할머니의 그러한 선택에 원로들은 마치 그것이 수호의 노선에 대한 결정이라도 되는 듯 설왕설래했다. 이유는 제각각이었지만, 결국 그럴 필요까진 없지 않느냐는 의견이 지배적이었다. 하지만 할머니는 그런 의견에 휘둘리기에는 너무 오랜 시간에 걸쳐 단단하게 굳어져 있었기에 나는 할머니와 단둘이 외곽으로 나갔다. 그때 난 새로운 세상을 볼 수 있다는 것만으로 흥에 겨워 콧노래를 흥얼거렸다. 그런 날 보고 할머니가 물었다.

"좋으냐?"

"네!"

"뭐가?"

"새로운 곳을 보는 거잖아요."

"그 새로운 곳이 네가 살던 곳보다 안 좋으면 어쩌냐?"

나는 생각 끝에 말했다.

"그래도 좋아요."

"누가 제 어미 딸 아니랄까 봐."

그렇게 말하며 웃는 할머니 모습이 슬퍼 보였음을 그 어린 나이에도 쉽게 알아차릴 수 있었기에 나는 약간 주눅들었다. 실제로 본 외곽과 그곳 사람들의 찌든 모습에 어린 나로서는 완전히 낙담하고 말았다. 나는 할머니의 손만 붙든 채 외곽의 면면을 훔쳐보기 바빴다. 중심과 비교해 특별히 어둡다거나 더럽다거나 하지는 않았음에도 무언가가 달랐다. 지금도 그때 내가 구체적으로 무엇을 다르다고 느꼈는지 명확하게 이야기할 수는 없다. 추측컨대 일단은 중력의 차이 때문이 아니었을까 싶다. 수호는 자전을 통해 인공적으로 중력을 생성할 수가 있는데, 그 회전축에서 중심에 비해 먼 곳에 위치한 외곽의 민가는 내가 먹고 자고 하는 곳에 비해 조금이라도 중력이 셀 수밖에 없다. 그 차이가 아무리 미미하다한들 한쪽에서 태어나고 평생을 산 사람이라면 다른 쪽으로 처음 넘어갔을 때 어딘가 모르게 어색한 것을 느끼게 된다. 반대의 경우도 마찬가지다. 매년 외곽에서는 통신원으로 교육 받기 위해 아이들이 중심을 처음 방문했는데 그중 예민한 아이들은 가벼워진 몸을 주체하지 못하고 사고를 치는 경우가 적지 않았다. 어쩌면 중심과 외곽이 구분 지어진 데에는 그러한 요소도 작용하지 않았을까? 가진 자는 그것을 채우느라 비좁아진 속으로 째째하게 굴기 마련이니까.

얼마나 돌아다녔을까. 중력차의 영향을 포함해서 힘이 들기 시작한 나는 그래도 내뱉은 말이 있기에 꾹 참고 버텼지만 그게 할머니 눈에 보이지 않을 리 없었다. 할머니는 묘한 웃음을 지으며 말했다.

"여기가 마지막이다."

수호의 구조상 그곳도 다른 곳과 다른 점은 없었다. 칙칙하고 각 졌다. 차이가 있다면 외곽 중에서도 가장 바깥 쪽에 위치한 만큼 중력이 가장 셌으며 선외 활동을 위해 오가는 사람들 외에는 지나다니는 사람이 거의 없다는 정도였다. 할머니는 나를 데리고 복도를 가로지르고는 그 끝에 보이는 방들을 가리켰다.

"시설이라는 곳이다. 네 엄마가 있는 곳이야."

갑작스럽기도 했지만 그보다도 늘 영상으로만 봐온 엄마가 몇 걸음 떨어지지 않은 곳에 있다는 얘기가 나는 와 닿지 않았다. 나한테 있어 엄마라는 존재는 화면 속에 있는 게 더 자연스러웠으니까. 그래서 나는 이렇다할 반응을 하지 못했다. 지금 돌이켜 보면 할머니는 다분히 시험해 보려는 의도로 물었다.

"보고 갈 테냐?"

그러나 그것은 답을 듣기 위한 질문이 아니었다. 할머니는, 그게 정말이냐는 눈으로 당신을 쳐다보는 내게 말을 할 여유도 주지 않고 이렇게 말했다.

"그래 봐야 외면당할 뿐일 게다."

나는 그 말에 수긍할 수밖에 없었다. 안경 너머의 엄마는 내 목소리에 제대로 된 반응을 보이는 경우가 드물었다. 기껏해야 내 목소리로부터 시작되는 새로운 콧노래를 부르는 게 다인 엄마를 마주한다고 해서 다를 게 있을까 하는 생각이 들었다. 아니, 감당할 수 있을 것 같지 않았다. 결국 난 침묵했다. 그리고 그것이 정확히 할머니가 원했던 반응이었다. 아닌 게 아니라 할머니는 웬만해선 보이지 않는 자상함으로 날 위로했다.

"이 할미도 겪어온 일이다."

그렇게 우리는 공모자가 되어 시설로부터 돌아섰다.

할머니는 주문처럼 말했다. 이것이 엄마를 위한 일이며 모두를 위한 최선이라고. 하지만 그게 꼭 날 향한 말이었을까? 할머니 당신에게 하는 말이기도 했던 것은 아닐까? 할머니는 중심으로 올라가는 승강기에서 최종적으로 말했다.

"엄마는 늘 그곳에 있을 거다. 마음만 먹으면 얼마든지 볼 수 있어."

그래서 우리는, 나는 엄마를 마주해야 한다는 부담감과 죄책감을 덜어낸 채 살아갈 수 있었다. 그리고 그러는 동안 엄마는 있는 것에서 없는 것으로 서서히 바뀌어갔다. 수호지기조차 그 상태를 명확하게 파악할 수 없을 만큼.

외곽의 끝으로 나아갈수록 엄마의 존재는 상이 맺히 듯 내 마음속에서 뚜렷해졌다. 시설이 있는 복도는 여전 히 공허했다. 나는 비유적으로나 사실 그대로나 무거워 진 발걸음을 의식적으로 내디뎠다. 그리고 뜻밖의 얼굴 을 발견했다. 그도 내가 뜻밖인 건 마찬가지인지 눈을 크게 떴지만, 이내 평소의 차분한 모습을 되찾고 내 쪽 으로 걸어왔다. 민 선생님에게 내가 말했다.

"선생님이 어떻게 여길….."

"어르신이 알려주셨어. 이곳에… 그 친구가… 수호 바깥으로 쫓겨난 줄로만 알았던 그 친구가 있다고 해 서….."

그러고는 복도 끝 쪽을 돌아보는 민 선생님한테 나는
물었다.

"그래서 만났어요?"

민 선생님이 나를 한참을 들여다보더니 말했다.

"승희… 엄마 보러 왔니?"

"제가 엄마 딸이라는 거 알았어요?"

"오늘에서야 겨우 짐작만 했지. 승희가 정말 어르신
딸이었다니."

"몰랐어요?"

"말을 안 했거든. 그냥 중심의 어느 말괄량이 정도로
만 생각했어. 그리고 그 이상은 우리한테 그리 중요한
것도 아니었고."

내가 대답을 기다리고 있다는 걸 깨닫고 민 선생님이
내 손을 잡고 이끌었다.

"승희는…."

민 선생님이 내 눈치를 보길래 나는 고개를 끄덕였다.

"그러니까 승희는 언어에 관심을 많이 가지고 있었

어. 그래서 거의 외곽에서 살다시피 하면서 각 구역의 언어를 배우고 연구했지. 내가 쓰는 언어는 중심의 언어와 달리 글자에 소리가 아니라 뜻이 담겨 있는데 승희는 그것들을 일일이 외우는 데 좀 어려움을 겪었어. 뭐, 난 그 덕분에 승희를 더 오래 볼 수 있었지만."

민 선생님이 개구쟁이처럼 웃으며 나를 돌아봤다.

"믿기지는 않겠지만 나는 전자공학을 공부하고 있었어. 그래서 늘 품고 있는 의문이 있었는데, 수호지기는 왜 언어를 통역해 주지 않을까 하는 거였어. 내가 볼 땐 충분히 가능한 일이거든. 승희가 언어를 가지고 씨름하는 걸 보다가 또 궁금해져서 그런 얘기를 하니까 승희 표정이 좀 굳어지더라고. 그러고는 말했어. 애초부터 통역할 필요가 없는 공용어를 만들면 된다고. 나는 그랬지. 지금 우리가 쓰고 있는 중심어가 공용어 아니냐고. 맞기는 하지만 불공평한 공용어라면서 자기가 연구한 결과를 들려줬어. 언어는 모두 달라. 하지만 비슷하지. 결국 다 사람이 쓰는 거니까. 그렇지만 그 다르고 비슷한 정도도 제각각이라 일부 언어권에서 나고 자란 사람은 다른 언어권 사람들보다 중심어를 익히기 어려워해. 결국 그 사람들은 상대적으로 언어 약자가 되고 수호의 사회에서 배제돼 버리는 거야. 승희는 그걸 바로잡고 싶어 했어. 아주 간절하게 말이야."

엄마는 수호지기를 없애지 않고도 언어의 장벽을 허물 방법을 찾고 있었다.

"승희는 이미 독자적인 언어 체계를 고안해둔 상태였어. 날 대상으로 그 언어를 가르쳤는데 확실히 중심어를 익히는 것보다는 쉬운 것 같더라고. 물론 아직 완성된 언어는 아니었기 때문에 심도 깊은 대화를 나눌 수 있는 정도는 아니었지만, 그건 언어가 실제로 사용되면 시간이 흐르면서 저절로 해결될 문제였지. 우리는 새로운 언어로 노래를 만들어 아이들에게 가르치기 시작했어. 언젠가 정말로 그 언어가 쓰이게 되면 더 쉽게 익힐 수 있도록 하려고."

복도 끄트머리에 엄마의 이름이 있었다. 승희. 민 선

생님이 그 이름을 슬픈 눈으로 보면서 말했다.

"승희는 늘 혼자였어. 그때 우리는 말만 안 했지 교제 중이었는데 내가 아무리 노력해도 승희는 외로워했지. 승희는 마음에 구멍이라도 뚫린 듯 증세가 점점 심해졌어. 그럴수록 노래를 만들어 가르치는 일에 더 매달렸지만, 그건 문제를 해결할 수 있는 근원이 아니었어. 안타깝지만 승희한테는 희망이 없어 보였어. 그래도 그렇게 갑작스럽게 나빠질 줄은 몰랐는데…. 어느 날 눈을 떠보니 옆에 있어야 할 승희가 보이지 않았어. 그제야 깨달았지. 내가 승희를 찾을 수 있는 방법은 없다는 걸. 한참이 지나서야 승희를 다시 볼 수 있었어. 화면을 통해 말이야. 승희는 수호를 탈취해 지구로 내려가려 한 죄인이 되어 있었어. 믿기지가 않았지. 아무리 생각해도 납득할 수가 없었는데 오늘에서야 짐작이 됐어."

민 선생님이 뜨거운 눈물을 흘리며 날 쳐다봤다.

"승희가 어르신의 딸이라는 사실이 마지막 조각이었어. 승희는 단순히 본 적도 없는 지구를 병적으로 꿈꿨던 게 아니야, 절대. 단지 마음의 집을 잃고 오갈 데 없이 방황했던 거였어. 승희가 언어 장벽을 허물고 싶어 했던 것도 결국은 엄마와의 장벽을 허물기 위한 게 아니었을까, 그런 생각이 든다. 내 말… 맞니?"

나는 입을 막고 울면서 고개를 끄덕였다. 그러자 민 선생님이 나를 끌어안았다.

"그동안 몰라봐서 미안하다, 우리 딸."

엄마는 잠들어 있었다. 마치 잠이라도 자지 않으면 견딜 수 없다는 듯 필사적으로. 나는 눈앞에 있는 엄마를 향해 손을 뻗다가 망설였다. 혹시 이게 꿈은 아닐까 싶어서.

옆에서 보고 있던 민 선생님이 웃으며 말했다.

"걱정하지 마. 어디 안 가."

그래도 용기가 안 나서 결국 손을 거두고 내가 물었다.

"엄마는 그렇다고 치고, 다른 사람들은요? 어떻게 약

속이라도 한 것처럼 모두 지구를 꿈꿀 수가 있죠?"

그렇게 일관된 양상을 보이지 않았더라면 할머니가 지랄병 같은 것을 만들 생각까지 했을까 하는 미련이 들었다.

"나도 그 점에 대해 정말 많이 생각했어. 보다시피 할게 많지 않거든. 몇 가지 가능성을 떠올려 보긴 했는데, 내가 뭐 이쪽으로 전문가는 아니니까…."

나는 고개를 끄덕였다.

"이런 비슷한 병은 예로부터 있었는데, 향수병이라고, 배를 타고 바다를 항해하는 선원들 사이에서 종종 발생했다고 해. 자신의 고향을 그리워하며 우울함을 느끼는 거지. 또, 전염병 때문에 고향으로 돌아가지 못하는 경우도 있고."

"하지만 엄마의 고향은 다름 아닌 수호예요."

"엄밀하게는 어르신이 계시는 중심이지."

"그럼 지구가 아니라 중심을 그리워해야 하는 거 아니에요?"

"그게 좀 석연치 않은 점인데, 아무래도 수호의 구역 정도는 우리한테 구별이 안 되는 게 아닐까 싶어. 그러니까 무의식적으로 말이야. 그리고 창밖으로 언제나 볼 수 있는 지구가 있어. 심리적인 고향 삼기 좋지 않을까? 어디까지나 내 생각일 뿐이야."

나를 비롯한 수호민은 수호에서 태어나 자라면서 꾸준히 지구에 대한 이야기를 듣고 자라났다. 그뿐만이 아니라 파수꾼의 업적을 배우며 파수꾼을 영웅시하고 지구를 일종의 영웅이 활약하는 무대쯤으로 생각하는 경향이 있었다. 어쩌면 지구를 본 적 없는 세대야말로 지구를 꿈꾸기 적합한 것이 아닐까.

"그럼 중요한 건 지구가 아니네요. 꿈꾸는 것 자체지."

나는 엄마를 돌아보며 말했다.

"지구로."

"응?"

"여기서 지구는 창밖으로 보이는 행성이 아니에요.

그냥 마음을 붙이고 살 든든한 바탕을 뜻해요. 그리고 우리는 지구앓이 중이고요."

민 선생님이 더없이 환한 얼굴로 말했다.

"승희를 정말 많이 닮았어."

"당연하죠. 엄마 딸이니까요."

할머니는 당신 방에서 수호지기와 대화 중이었다. 특별한 목적이 있는 것이 아닌, 그저 대화를 위한 대화였다. 나한테 궁금한 것이 많을 텐데도 할머니는 내게 눈길 한번 주지 않았다. 나를 피하고 있었다. 하지만 언제까지 그렇게 살 수만은 없었다. 결국 내가 끼어들었다.

"새나가 보고 싶지 않으셨어요?"

할머니는 입을 앙다물고는 수호지기를 꺼버렸다.

"삼십 분 동안 많은 걸 배운 것 같구나."

놀랍게도 내가 새나와 함께했던 시간은 고작 삼십 분이었다.

"네가 언젠가 큰 사고를 칠 줄은 알았지."

"그런데도 제가 할머니 단말을 장난감처럼 다루는 걸 내버려두셨어요. 새나가 그러던데요, 할머니가 설득당하기를 기다리고 있다고."

"그 이름 그만 말해라."

"왜요?"

할머니는 그저 고개를 떨구고 한숨 쉬었다.

"할머니, 할머니가 수호를 위해 해온 일을 부정하려는 게 아니에요. 할머니의 파수꾼 역할이 발붙일 곳 잃고 방황하는 수많은 수호민에게 살아가도 될 명분을 준 것은 사실이니까요. 하지만 더 나은 방법을 찾을 수도 있었어요. 비록 할머니의 전부나 마찬가지인 새나를 잃기는 하겠지만…."

"얼마든지 비난해라."

"지금 그런 걸 하자는 게 아니잖아요. 지금이라도 수호의 내부에 있는 장벽을 허물고 모두 함께 수호의 노선을 정해야 해요. 언제까지고 지구 주변만 배회할 수는 없다고요. 수호가 실은 무엇이었든 간에, 지금의 우리는 누군가를 도와야만 삶을 허락 받는 그런 존재 아니에요. 우리의 가치를 외부에서 찾지 말아요. 할머니의 수호를 믿으세요."

할머니가 고개를 떨군 채 내 얘기를 듣다가 기가 찬다는 듯 웃었다.

"네가 파수꾼 해라."

"수호의 파수꾼은 수호민 모두예요. 그리고 우리 모두가 함께 바뀌 나갈 거예요."

할머니는 거의 쓰러질 것 같은 얼굴이었다. 하지만 나는 그것이 긍정적으로 다가왔다. 아니나 다를까 할머니가 수호지기를 호출하더니 원로회를 소집했다. 그러고는 날 흘겨보며 물었다.

"뭐, 아예 네가 주재할 테냐?"

"할머니 몫이에요. 새나를 떠나보내는 일이잖아요."

할머니 눈빛이 흔들리는 것을 지켜보기 힘들기도 했지만, 새나와의 마지막 인사를 나눌 시간이 필요할 것 같아 나는 말없이 자리에서 일어났다. 방을 나서려는데 할머니가 말했다.

"끝은 내가 맡을 테니, 새로운 시작은 네가 맡아라. 새로운 파수꾼으로서."

텅 빈 광장을 걷는데 아득할 정도로 오래간만이라는 느낌에 가슴이 진정되지가 않았다. 괜히 숨을 크게 들이마셨다 내쉬어보았지만 소용 없었다. 그러다 문득 지구가 눈에 들어왔고, 나는 그냥 지금 상태를 즐기기로 마음먹고 잔디밭에 드러누웠다. 지구를 바라봤다.

"워루!"

가즈에였다. 나는 손을 흔들어 함께하자는 뜻을 전했다. 가즈에는 주변을 살피기는 했지만, 곧 내 옆에 자리를 잡고 누웠다. 우리는 숨을 쉬었다.

"워루."

"응."

"유카는 나쁜 애 아냐."

"나쁘다고 생각 안 했어. 좀 짓궂기는 해도."

가즈에가 벌떡 일어났다.

"유카가 사과하고 싶어해!"

그건 좀 의아해서 나는 가즈에를 빤히 쳐다봤다.

"민 선생님 방에서 모두가 기다려. 가자, 워루. 응?"

"사과할 일은 없었어."

"아니, 있었어!"

그렇게 말하는 가즈에의 눈빛은 너무 단호해서 결국 우리는 민 선생님 방으로 갔다. 민 선생님의 방이 있는 복도는 역시나 악기 소리가 들려왔지만, 평소에 비하면 거의 적막에 잠긴 거나 다름없었다. 아이들은 하릴없이 악기를 만지작댈 뿐 서로의 눈치를 살피기 바빴다. 그러다 내가 나타나자 민 선생님 방은 그야말로 진공 상태가 됐다. 무리의 속에 숨어 있는 듯한 유카와 시선이 맞닿았다. 숨이 턱 막혔다. 가즈에가 나섰다.

"워루는 파수꾼의 손녀야."

모두의 시선을 받은 가즈에가 조금은 힘겹게 말을 이었다.

"그리고 우리랑 똑같이 지구앓이 중이야."

그제야 유카가 입을 열었다.

"누가 보면 지구앓이 한 지 몇십년은 된 줄 알겠네."

나도 포함해서 웃지 않을 수 없는 말이었다. 정말이지 아무것도 아니라는 생각이 들었고, 그래서 나는 말했다.

"뜬금없지만 하고 싶은 말이 있어."

시선이 일제히 나를 향했다.

"파수꾼의 손녀니, 지랄병이니, 어느 구역 출신이니, 우리가 만든 것도 아닌 말들로 우리가 설명되게 두지 말자. 우리한텐 우리들만의 말이 있어."

유카가 말했다.

"그래서 우리를 뭐라고 설명할 건데?"

"근데 말이야, 꼭 설명이 필요해?"

나는 광장으로 갔다. 할머니가 호언장담한 대로 준비
는 확실하게 되어 있었다. 내가 서서 발표할 단상과 할
머니를 비롯한 원로들이 앉을 좌석들, 그리고 수호민들
을 위한 공간까지. 할머니가 말한 것처럼, 나만 잘하면
됐다.

민 선생님과 아이들이 아무도 모르는 언어로 된 노래
를 불렀다. 그리고 목청껏 외쳤다.

"우리는 지랄병이 아니다! 우리는 지구앓이 중!"

군중의 반응은 엇갈렸지만 대체로 웃어넘겼다.

내가 단상 위에 오르자 좌중에 침묵이 깔렸다. 내가
할 이야기를 아마도 적지 않은 사람들이 이해하지 못하

거나 어림짐작할 터였다. 사전에 각 구역의 언어로 번역해 배포할까 했지만, 그러지 않기로 했다. 행사는 화려할수록 좋으니까. 그래서 나는 불공평한 공용어로 말했다.

"안녕하세요, 수호민 여러분. 월이라고 합니다. 오늘부터 수호는 새롭게 시작합니다. 새로운 수호는 불편하고 시끄럽고 혼란스러울 것입니다. 그리고 사람들이 어우러져 살아가는 곳이 될 것입니다. 소외된 사람들이 창밖의 허상을 꿈꿀 필요 없는, 진정한 집이 될 것입니다."

내 말을 이해한 소수의 사람들이 서로를 돌아보며 웅성이는 것을 못 본 척하고 나는 수호지기를 소리쳐 불렀다. 그러자 내 모습이 나오던 광장 천장이 푸른빛의 수호지기를 보여줬다. 수호지기가 물결처럼 출렁이며 말했다.

"네, 월."

저 익숙한 어조도 다시는 듣지 못하게 될까. 나는 망설임을 떨치고 말했다.

"준비는 됐어?"

"늘 되어 있었습니다."

그 말이 할머니한텐 아프게 들릴 터였다. 나는 할머니 쪽을 보았다. 천장을 올려다보던 할머니가 내 시선을 알아채고 날 마주봤다. 그러고는 고개를 끄덕였다.

"그럼… 수호지기, 전 수호민을 위한 통역 패치 시작해 줘."

"네, 전 수호민을 위한 통역 패치를 시작합니다. 패치를 위한 시스템 복원 중."

수호지기의 물결 같은 움직임이 시간을 되돌리는 것처럼 거슬러 흐르는 듯 보였다. 하지만 이내 부드러운 움직임은 거칠고 딱딱하게 바뀌었다. 더는 물결처럼 보이지도 않았다. 그저 푸른빛에 불과해진 수호지기, 아니 수호지기였던 할머니의 새나가 마침내 사라졌다. 영원히.

그와 동시에 수호의 모든 빛이 사라졌다. 나는 얼른 소리쳤다.

"침착하세요! 수호가 다시 시작하는 것뿐이에요!"

어디선가 민 선생님이 내가 모르는 언어로 사람들을 진정시키는 소리가 들렸다. 마치 파문이 일었다가 잠잠해지는 것처럼 사람들은 차분함을 되찾았다. 곧 새까맣던 천장에 작은 글씨가 별처럼 떠올랐다.

'수호에 오신 것을 환영합니다!'

잠시 후 그 문장 아래로 낯선 문자로 된 문장이 떠올랐다.

'Welcome to SUHO!'

끝이 아니었다. 그 옆으로 또 다른 문장이 떠올랐는데 가즈에가 쓰고는 했던 문자와 비슷했다.

'守護へようこそ！'

또 다른 문장.

'迎到荷!'

계속해서 문장들이 떠올랐다. 그리고 그때마다 외곽의 사람들이 각기 다른 언어로 탄복하는 것이 들렸다.

'**सुहो में आपका स्वागत है!**'

'Добро пожаловать в Сухо!'

'ยินดีต้อนรับสู่ซูโฮ!'

다른 듯 비슷해 보이는 언어들로 천장은 은하수가 되었고, 어느새 얼굴들이 보이기 시작한 수호의 사람들이 옆에 있는 제 구역 사람뿐만이 아닌 그 너머에 존재해 왔던 다른 구역 사람들과 눈을 맞대고 의미가 전해지는 인사말을 건넸다. 그들의 말과 그것을 실시간으로 통역해 주는 수호의 음성으로 광장은 소란스럽기 그지없었다. 하지만 신났다. 새나가 했던 말이 떠올랐다. 변수는 많을수록 재밌다고. 그게 무슨 말인지 조금은 알 것도 같았다. 나는 놀라 얼떨떨한 표정으로 할머니를 보며 웃었다. 할머니도 날 보며 보일 듯 말 듯한 미소를 지었다.

물론 이것이 끝은 아니었다. 그동안 반강제로 차단된 구역 간의 소통이 마냥 좋게만 이뤄질 리 없었다. 대화는 갈등을 낳기 마련이다. 한동안 사람들은 억눌려 왔던 주장을 하느라 공격적이게 될 수도 있었고 이는 곧 언쟁으로 이어질 수 있음을 뜻했다. 소란스러운 광장을 둘러

보며 나는 겁이 나는 것도 느꼈다. 그러나 후회는 하지
않았다. 반드시 거쳐야 할 일이니까.

　모든 복원 작업이 완료됐는지 천장의 화면이 바뀌었
고, 앞으로 또 다른 수호지기가 되어갈 수호의 새 지킴
이가 낯선 어조로 이렇게 말했다.

　"경고, 외우주 탐사를 위해 설정된 경로에서 심각한
수준으로 이탈하였습니다."

　수호가 잠이 든 사람들을 태우고 저 태양계 밖으로 나
가려고 했던 먼 과거의 이야기를 하는 거였다.

　"목적 없는 장기간의 우주 체류는 인간에게 악영향을
끼칠 가능성이 매우 높은 것으로 알려져 있습니다. 따라
서 지구로의 복귀를 강력하게 권고합니다."

　이제부터가 시작이다. 나는 사람들을 향해 외치기 위
해 입을 열었다. 그런데 광장에 모인 인파의 저 끝에서
움직임이 보였다. 사람들이 무언가를 피해 물러나고 있
었다. 그 무언가는 다름 아닌 사람이었다. 그것도 내가
잘 아는. 그 사람이 역시나 내가 잘 아는 선율을 흥얼거

렸다. 나는 말했다.

"엄마…."

어떻게 된 일인지 싶어 할머니 쪽을 봤다. 혹시나 하
는 마음은 할머니의 하얗게 질린 얼굴을 보고 와장창 깨
지고 말았다. 할머니는 자리에서 벌떡 일어나 엄마를 향
해 달렸다. 나도 단상 위에서 뛰어내려 달렸다. 우리는
인파를 뚫고 광장의 중앙에서 모였다. 할머니는 마치 사
람들에게서 엄마를 감추려는 것처럼 당신 몸으로 엄마
를 감싸 안았다. 나는 말했다.

"그러지 마세요. 제발…."

"너야말로 이러면 안 되지! 네 엄마가 우리에 갇힌 짐
승 취급 받는 걸 두고만 보겠다는 거냐?"

나는 충격을 받아 소리쳤다.

"엄마를 그렇게 만든 건 할머니예요! 지랄병이 어쩌
고저쩌고 하는 어른들이라고요! 엄마는 지랄병 같은 게
아니에요. 그냥 지구앓이예요. 할머니가 든든히 안아주
길 바라는…."

그때, 할머니가 흠칫 놀라더니 뒤돌아섰다. 할머니의 뒤에 있던 엄마가 할머니를 끌어안았던 것이다. 할머니는 완전히 기운이 꺾여서 눈물을 뚝뚝 흘렸다. 결국 제 딸을 마주 끌어안은 할머니가 말했다.

"내가 너무 늦었다. 미안하다, 승희야."

그래서 모든 것이 행복하게 끝났더라면 좋았을 것이다. 아마 동화였다면 가능했겠지만, 우리가 사는 세상은 알다시피 동화가 아니다.

하지만 그렇다고 영원히 불행하기만 한 것도 아니었다. 그저 행복과 불행이 화음을 이루듯 어우러져 독특한 선율을 만들었을 뿐이다. 개인적으로, 썩 나쁘지는 않은 선율이었다. 언어를 되찾은 각 구역이 저마다의 목소리로 수호의 앞날에 대해 이야기했다. 당연히 일치하지는 않는 그 목소리들을 어떻게든 조율하기 위해 정말이지 많은 노력과 시간이 들었다. 순간순간 내가 돌이킬 수 없는 잘못을 저지른 건 아닌가 싶을 정도로 사람들은 잘

싸웠다. 할머니는 거 보라면서 혀를 찼지만, 그래도 가끔은 날 격려했다.

"적어도 나 때처럼 피바람이 불진 않잖냐."

새나가 보여줬던 피비린내 나는 과거가 떠올라서 몸서리쳐졌다.

"그건 그렇고, 엄마는 잘 적응하는 것 같아요?"

"궁금하면 네가 직접 데리고 가든가."

나는 엄마와, 그리고 아빠가 함께 노래를 부르는 모습을 볼 용기가 아직 나지 않았다. 그렇지 않나? 그 모습을 아무렇지 않게 지켜보기엔 우리 상황이 좀 특이하니까. 여전히 나는 아빠를 민 선생님이라고 불렀다. 이런 내 갈등을 이해한다는 듯 할머니는 씩 웃었다.

"잘하고 있다, 적응. 말도 하고 있어. 내가 모르는 언어이기는 하지만."

"민 선생님네 말이에요? 수호지기가 통역 안 해줘요?"

"그 녀석도 모르는 언어다."

엄마가 만든 언어, 노랫말에 쓰이는 언어를 엄마가 하는 모양이었다. 할머니는 서운한 기색이 역력한 얼굴로 나지막이 말했다.

"뭐, 내가 한 짓이 있으니."

나는 무슨 말을 해야 할지 고민하다 말했다.

"할머니가 배우면 되잖아요."

할머니는 무슨 소리냐는 듯 인상 쓰면서도 다른 말은 하지 않았다. 나는 할머니까지 함께 어울려 노래를 배우는 모습을 떠올리곤 어깨를 움츠렸다.

지구와의 통신 일은 계속되었다. 어찌 됐든 지구의 사람들에겐 수호가 필요했고, 수호민들도 그들을 돕는 일을 싫어하지 않았으니 그만 해야 할 이유가 없었다. 다만 의무적으로 통신원이 되어야 하는 법을 없애고 순전히 자원자를 배치하게 했는데 어쩐지 수호지기가 보고하는 능률은 오히려 전보다 높아졌다.

나도 가끔은 통신원으로 일하며 오정과의 소통을 이어갔다. 오정은 내가 수호를 바꿔나가는 이야기를 듣고 자기도 질 수 없다며 이것저것 시도해 봤는데, 오정의 할아버지는 할머니보다 더 완고한 성격이어서 쉽지는 않아 보였다. 그래도 그런 시도가 오정을 바꾸기는 했다. 예전처럼 걸핏하면 우는소리를 하는 대신 할아버지를 설득하기 위한 기상천외한 방법을 끊임없이 강구하는 오정은 이미 모험 중인 듯 보였다.

그런 오정을 보다 보니, 허구한 날 목소리 높여 싸우는 수호도 이미 나아가고 있는 것이 아닐까 하는 생각이 들었다. 내심 언제쯤이면 이 사람들이 뜻을 모아서 수호의 노선을 결정하고 마침내 나아갈 수 있을까 싶어 초조했는데, 어쩌면 이미 수호는 나아가고 있는지도 몰랐다. 수호 내의 장벽을 허문 그 시점에서 수호는 움직이기 시작했을 것이다.

새나가 있었더라면 무슨 말을 해주었을까. 언젠가 하루는 잠깐 쉬는 동안 수호지기를 호출했다. 아직은 어색한 느낌으로 수호지기가 대답했다.

"지금 수호는 잘 가고 있는 걸까?"

수호지기는 말했다.

"모든 수치가 정상입니다."

헛웃음을 짓고는 수호지기를 끄려고 하다가 나는 그런 생각을 했다.

모든 것이 정상이다. 비정상은 없다.

그럼 된 것 아닌가. 나는 미소 짓고 그만 할 일을 하러 통신반으로 향했다.

작가의 말

개인적으로 작가의 말을 읽는 것을 좋아한다. 쓰는 것도 마냥 어렵게 느껴지는 않는 편이다. 그런데 이 이야기 끝에는 어떤 말을 덧붙이면 좋을지 조금 고민이 된다. 이야기가 종결적이지는 않기 때문일까. 어쩌면. 수호의 사람들과 월, 그리고 오정의 진짜 여정은 이제야 시작된 걸 테니까 말이다.

혹시 특별히 하고 싶었던 말이 있는데 잊진 않았나 해서 이 작품의 일지를 뒤져보고 좀 놀랐다. 첫 번째 일지를 쓴 날짜가 무려 21년 4월이다. 심지어 그 일지에는 그보다 더 전의 메모가 인용돼 있는데, 인공지능 분야의 용어인 '과적합'에 대한 내용이다. 얼마 지나지 않아 『슈

뢰딩거의 아이들』이 출간되었고 관련해서 인터뷰를 할 일이 있으면 앞으로 무엇을 쓰고 싶은지에 대한 질문에 언제나 '과적합'을 소재로 한 소설을 쓰고 싶다고 밝혔다. 그리고 이 책이 그 결과물이다.

작가가 도대체 무슨 소리를 하고 있는지 싶을 텐데, 이 글을 쓰고 있는 지금 내 마음이 정확히 그렇다.

이듬해 여름, 일지는 추가된다. 편견으로 똘똘 뭉친 인공지능 로봇과 아이의 대립은 어느새 난민들의 이야기가 되어버렸다. 그러고는 또다시 비약해 우주로 갔다. 난민을 수용하고 있는 인공위성과 그것을 관리하는 편견 가득한 인공지능. 기득권의 정점에 위치한 파수꾼과 새로운 세대 간의 갈등. 나는 문자 그대로 땅에 발도 못 붙이고 떠 있는 상태로 살아가는 사람들에게 단단한 대지를 돌려주고 싶었다.

이야기를 구상하던 초기에는 나 자신이 수호의 새로운 파수꾼이 되어 그들을 지구로 내려보내려 했다. 그러다가 문득 이런 생각이 들었다. 정말로 이 사람들이 그걸 원하나? 얼마나 많은 사람들이 그걸 원하나? 다수가 원하면, 그걸로 되는 건가? 나는 잠시 파수꾼의 자리에서 내려와 봤고, 이내 대답은 분명해졌다.

이것이 누군가에 의해, 그리고 다수에 의해 단순하게 결정되면 안 된다는 것을.

너무나 이상적인 이야기라는 것을 모르지 않지만, 그것이 가능한 시공간을 그려보고 싶은 욕심이 났다. 개인적으로도 과도하게 이상적인 이야기에는 별로 흥미를 느끼지 못하기 때문에 그 적정선을 찾는 과정은 정말이지 어려웠다. 내가 작가의 말에 횡설수설하는 이유기도 하다. 지금까지 써온 모든 글을 통틀어서 가장 어렵게 쓴 글이다.

그 과정을 함께해준 분들께 감사를 표하고 싶다. 임채원 매니저님과 이동하 편집자님의 피드백이 없었다면 과연 지금 출간을 앞두고 작가의 말을 쓰고 있었을까. 상상하기 어렵다.

소설과 작가의 말을 보면 짐작할 수 있겠지만, 『수호

의 파수꾼』은 유려한 곡선의 광택 나는 미래지향적인 로켓과는 거리가 멀다. 처음의 모습을 감히 짐작하기 어려울 만큼 울퉁불퉁하고 여기저기에 덧댄 흔적이 역력한 낡은 인공위성에 가깝다. 여러분이 그것을 치열한 노력의 결과라고 너그럽게 보아주기를 바라며 이만 글을 줄인다.

2024년 2월의 마지막 날
최의택